Historias de mujeres grandes y chiquitas

16 de diciembre del 2.003

Para Jesús Marino, con cariño y muchos deseos de que le gusten estas historias

Sonia Rivera-Valdés

Historias de mujeres grandes y chiquitas

Sonia Rivera Valdés

EDITORIAL CAMPANA
Nueva York

Primera edición: 2003

Editorial Campana
19 West 85th Street, Suite A
New York, NY 10024
edcampana@yahoo.com

Library of Congress Cataloging-in-Publication Data
Rivera-Valdés, Sonia

Historias de mujeres grandes y chiquitas
—Editorial Campana
ISBN: 0-9725611-0-2
1. Título

Edición: Paquita Suárez Coalla
Ilustraciones: Nereida García-Ferraz
Portada: Beatriz Bustamante Upman
Diseño y Tipografía: Vivian Otero Barrera

Impreso en los Estados Unidos

Para las mujeres que, como Ana Messeguer con su cuento de la luna y el miedo a dormir sola de niña, me contaron una anécdota propia o ajena o dijeron una frase, a veces al descuido, que prendió dentro de mí y creció hasta convertirse en una de estas historias.

En el caso de los cuatro relatos inspirados en la vida y muerte de Ana Mendieta quiero aclarar que sin vacilar los hubiera cambiado, de haber tenido opción, por evitarme la necesidad de borrar su nombre y dirección de mi libreta de teléfonos.

Sin Jorge Luis, Marito, Chuchi, Pepe y sus familias, Jacqueline, Margarita, Paquita, Vivian, Juana, Hilda, Nereida, Betty y Daisy, no existiría este libro.

Índice

Nota necesaria

Lo prometido es deuda, espera un ratico, afirmaba mi madre con su florido acento andaluz, en aquellas tardes de lluvia habanera, como respuesta a mi insistencia para que abandonara su tarea de rellenar de torrejas la bandeja que ofrecería a alguna vecina engolosinada por la fama de sus postres. Una vez sumergidas en el almíbar olorosa a anís se sentaba a contarme de su niñez en pueblo chico, donde sobraba espacio para los juegos. Sus cuentos eran mi diversión favorita. El único campo por el que corría fue por el que ella corrió de niña, los únicos árboles en que me subí fueron los álamos robustos de sus recuerdos, donde a horcajadas sobre sus troncos evadió incontables veces la disciplina materna y una vez de adulta, cuatro meses antes de que yo naciera, desde una de las la ramas más altas y frágiles, muerta de miedo le tocó contemplar a una patrulla de guardias asesinar a mi padre.

Aquí están las *Historias de mujeres grandes y chiquitas* que prometí publicar durante mi conversación con Marta Veneranda del Castillo Ovando, hace ya varios años. Con la conclusión de este proyecto pago varias deudas, la más apremiante, para mí, a Ana Mendieta, la escultora cubana que murió de manera trágica en 1985, a los treintisiete años. Los cuatro tiempos de Ana no pretenden ser recuento cronológico de su vida. Son momentos clave de su existencia fragmentada que he tratado de cargar de su pasión por la vida, de su espíritu, de su emoción, de su manera de ver el mundo y de sentirlo. Tal vez debería decir, como yo percibía su modo de ver el mundo y de sentirlo.

Ojalá que esta memoria refleje cuánto valoré su amistad, la admiré como artista y lamenté su muerte prematura.

Espero que Marta Veneranda, amiga entrañable desde nuestra entrevista, cuando coleccionaba sus historias prohibidas, disfrute "La semilla más honda del limón", la versión que aparece en este libro de la anécdota que le conté entonces y que ella convirtió en su celebrado relato "La más prohibida de todas". Confío en que no le molestará la mención que de ella hago en "La vida manda", ya que mucho respeto a esa señora. Además, con ese cuento ha sucedido algo que considero uno de esos "milagritos" de que habla Carmina, la protagonista de "Azul como el añil", otra de las historias de este volumen.

Paquita Suárez Coalla, amiga querida y una de las primeras personas que lee mis manuscritos, tuvo una niña el ocho de julio del 2001 y la llamó Jacinta, nombre que lleva esa nieta tuya de cuya existencia supiste al comunicártelo yo al regreso del viaje a Cuba en que la conocí. Escribí el cuento casi dos años antes de que Paquita quedara embarazada, cuando ni ella podía imaginar que escogería, para una hija que tal vez en aquel momento no formaba parte de sus planes, nombre tan hermoso y poco usual en estos tiempos. Imagino el regocijo de Marta Eugenia, madre de la Jacinta cubana, cuando sepa que su niña tiene tocaya en Nueva York, porque me comentó que en La Habana no conoce a nadie que haya pensado en nombrar una hija así, y no pocas críticas provocó su decisión. Yo, recordando la historia de mi madre cuando decidió llamarme Martirio y las historias de Marta Eugenia y Obdulia, allá en La Habana, comprendí.

Quienes hayan leído *Las historias prohibidas de Marta Veneranda* se darán cuenta de la fuerte influencia de esos cuentos sobre "La vida manda", el relato final de este volumen. La imitación de ese modelo es mi forma de darle las gracias a su autora por haberme facilitado, aunque involuntariamente, esa anécdota amarga que me subyugó.

Martirio Fuentes
Nueva York, 12 de julio de 2001

Ana en cuatro tiempos

Ana y la luna

Para Ana Messeguer

na ya tenía cinco años y ni modo de que durmiera sola a gusto. Noche tras noche se le oía protestar camino de su cama. El problema no era dormirse. Una vez lograban acostarla, rendida quedaba de inmediato, siempre que no hubiera una luz encendida. Era el despertar en la madrugada, el sobresalto del corazón y los sudores. A eso temía. En pie de un salto, con los ojos redondos por completo de muy abiertos, corría aunque sólo unos pasos la separaran de la habitación de los padres y al compás de unos gemidos cuyo dejo angustioso ponía en pie la casa entera, la emprendía a golpes contra la puerta cerrada. Tres o cuatro veces por semana, siempre antes de las cinco de la mañana.

"Como si huyera de una espantosa pesadilla," comentaban los adultos en el desayuno, ignorando su presencia, y ella escuchaba sin responder ni levantar los ojos del vaso de leche con chocolate que aborrecía. ¿Por qué no le servían café con leche como a los demás? "Porque los niños no toman café, princesa". "No es verdad y no soy ninguna princesa". "¿Por qué no es verdad, a qué niño has visto tú tomando café". Ana callaba, jamás delataría a Domitila.

No, no tenía sueños malos, era que despertaba, nunca durmió de un tirón hasta la mañana, ni de bebé según la madre, y al tratar de ver qué la rodeaba sin lograrlo, el corazón comenzaba a golpearle el pecho y a crecer. Lo sentía grande, pesado como una de las guanábanas que caían de la mata del patio. Repitió esta explicación, jadeante y entrecortada, en varias ocasiones al abrirle la puerta los padres, y pareció a todos tan graciosa la comparación de las palpitaciones con la fruta que comenzaron a interrogarla sólo para oír el relato de nuevo. No podían evitar la sonrisa aunque no fuera su intención burlarse. Al caer en la cuenta Ana de la verdadera intención de las preguntas, los sentimientos se enredaron de peor manera y entonces fueron una madeja de miedo, enojo y vergüenza. No respondió más.

El acertijo que planteaba a la familia el mal dormir de la criatura parecía insoluble. La oscuridad la aterraba y la solución lógica de dejar una lámpara prendida en el cuarto no funcionó. La luz la hacía abrir los ojos cuando aún no había pasado diez minutos dormida. De costumbre iba con tanto sueño a la cama, incansable durante el día, que cinco minutos de un cuento de Domitila bastaban para dormirla. Trataron con una vela votiva, la más pequeñita, que alumbrara sin molestar. Ana igual no veía, demasiada poca luz y el temor a un incendio canceló la vela cuando una noche la criatura tropezó con el vaso que la contenía, en su desatino por correr hacia la madre, el muñeco de peluche que apretaba cayó encima de la llama y las patas se le carbonizaron por más que lo golpearon contra el piso de losas para apagarlo antes de que se destruyeran.

Ana acudió a tres sesiones con una sicóloga de niños, altamente recomendada, y no sólo se negó a hablar de sus miedos nocturnos, negada estuvo a abrir la boca en las tres visitas. La terapista nunca escuchó su timbre de voz. Al terminar la tercera, le entregó una nota al chofer que enviaban por Ana, acosejándole a la madre ahorrarse el dinero que le estaban pagando.

Al calmársele el ataque la hacían volver a su cuarto. Taciturna recorría el pequeño pasillo acompañada de la madre. Sola de nuevo, sentada en la cama apretaba la boca para acallar los sollozos que, incontenibles, le hacían subir y bajar el pecho y con la cara y los ojos funcidos se tragaba las lágrimas que, según rodaban, recogía con la lengua, sacando la punta por las esquinitas de la boca, de un lado primero, luego del otro. Más fuertes se volvían los hipidos cada vez que le venían a la cabeza las burlas mañaneras. Entre espinas sentía el corazón ahora, hincado, y tan vívida era la sensación que se desabrochó la blusa de la pajama para palpar el cuerpo sano. Empapada en sudor, divisaba frente a su cama la silueta confusa de un viejo cuadro, copia de una pintura famosa. Si miraba para el lado, a través de la puerta abierta vislumbraba en la sala el antiguo piano de cola en que practicaba con desgano sus lecciones al regreso de la escuela. Durante el día detestaba el cuadro y el piano, de noche le infundían terror.

Después de muchas conjeturas nadie se explicaba los pavores nocturnos de Ana, a quien la circunstancia de hija única de una madre sin posibilidad de otro embarazo, le otorgó el privilegio de no ser contradecida. Ni cuando escogió como dormitorio aquella habitación en los bajos de la casa, negándose a continuar en la suya de la planta alta y obligando a los padres a abandonar su espacioso cuarto y a mudarse a uno más pequeño, contiguo al de ella. Los padres complacieron a Ana sin replicar, esperanzados con tener sueños tranquilos, aun a costa de la hermosa vista del flamboyant que disfrutaban antes. Abajo las perretas continuaron, si no con mayor ahínco, por ser imposible, sí con el mismo. Al comprobar la inutilidad de la mudada pusieron su empeño en tratar de convencerla de que regresara a su habitación y permitiera a los padres recuperar su comodidad. Redecoraron el cuarto. Aun contra su gusto, la madre escogió una sobrecama estampada con flores violetas y volante del mismo color, el favorito de Ana. "Y que morado. Ese es color de ropa de vieja y de semana santa". Ni así. La desconcertante actitud, porque después de tres o cuatro mañanas de sonrisitas en el desayuno, al terminar su historia de miedo de la noche anterior, no hubo forma de que abriera la boca más para decir cómo se sentía, no cambió hasta la llegada de la tía Clemencia, un sábado temprano, de Miami.

Era una desconocida para Ana, no la veían hacía diez años. Una artritis empecinada en darle poca movilidad a las rodillas le dificultaba subir escaleras y los obligó a darle el cuarto que Ana ocupaba en la planta baja. Tuvieron que pasar a la niña, firme en su decisión al ser consultada, de no irse a dormir arriba, "aunque la mataran", al cuarto de la costura, pequeñito y último en el largo pasillo, bastante retirado del de los padres, pero el único espacio disponible en los bajos. Ana, contrario a lo previsto, no objetó el cambio, y como su conducta era tantas veces incomprensible , ni le preguntaron. Al irse a dormir, cada uno de los miembros de la familia lo hizo aterrado, pronosticando tormenta de incalculables proporciones.

La mañana del domingo, todos ya en el comedor, listos a sentarse a la mesa y ansiosos por comentar lo insólito de la noche anterior: ni una levantada descompuesta, ni un grito, la niña entró risueña, no dio los buenos días porque jamás lo hacía, pero se sentó junto a la tía Clemencia con la cara y los dientes lavados, peinada, inusual a tan temprana hora, a no ser que Domitila la preparara para la escuela, y se bebió la leche con chocolate sin chistar.

Ana tenía razones para cada una de sus decisiones. Se negó a dormir en la planta alta porque su cuarto lindaba con el de la tía Ernestina y le molestaba la combinación del madrugar cantarino de los pájaros de la tía con los ladridos de su perrita pekinesa. Ya en los bajos, aceptó el cambio de habitación gustosa porque al llegar Clemencia, tía abuela para ella por ser la señora hermana de Matilde, difunta abuela materna de Ana, curiosa como era la niña, la siguió hasta el cuarto que sería suyo por unos días y la observó mientras desempacaba y colocaba, doblados con minuciosidad, dentro de una gaveta de la cómoda que le habían asignado, cantidad de retazos de tela de colores rojo, azul, amarillo, verde brillante, algunos estampados y varios de color violeta, y supo que traía, porque los vio, hilos de colores, botones, tijeras. Al notar la mirada atenta de Ana, explicó la señora que eran para hacer muñecas de trapo y le dijo también que la niñera que la había cuidado de chiquita, hija de una africana que llegó a Cuba de esclava, la había enseñado a hacerlas.

Aquella corta conversación, sin saberlo la mujer, estableció un fuerte vínculo entre ella y la niña. Era la primera vez que escuchaba a alguien de su familia hablarle como lo hacía Domitila.

—Si quieres, mañana te hago una, y si te gusta, durante la semana que voy a estar aquí hago otra cada día, a mí me encanta hacerlas. En Miami las vendo. A la gente le gustan mucho. Puedo bordarles en el vestido, Lunes, Martes, Miércoles, así hasta Domingo y tendrás una especial para cada día de la semana.

Ana no podía creerlo, alguien iba a hacer una muñeca delante de ella, una muñeca con la que podría jugar y sabría qué tenía dentro, cómo le habían puesto la nariz, cómo le habían hecho los ojos. Increíble. Ella tenía muchísimas muñecas, hasta una Mariquita Pérez, traída de España, con la que le permitían jugar sólo después de las cuatro de la tarde, ya bañada y merendada. Muchas veces intentaron que se sentara en un sillón del portal a mecer la Mariquita. Nunca lo hizo.

—Más malcriada ni mandándola a fabricar, dijo Ernestina cada vez que Ana se negó y el fino juguete permaneció en el lugar que le designaron en una vitrina hasta que la abuela Teresa murió, después de haberse marchado del país el resto de la familia. A los pocos meses del fallecimiento la mansión pasó a ser una Casa de Cultura y nadie supo cuál fue el destino de la muñeca entonces.

Pero hacerle una muñeca, ni Domitila. Domitila hacía galleticas, cakes y cuentos, cuentos muy buenos, pero muñecas no.

Ana pensó todo esto sin emitir sonido, pero sonrió a la tía y movió la cabeza para arriba y para abajo al oír la proposición.

Aquella noche no dio problemas a la hora de acostarse, pero despertó antes de lo usual, a las dos, quizás debido al deseo de que amaneciera y Clemencia cumpliera su promesa. Abrió los ojos desorientada, se sentó en la cama y en vez de la oscuridad común a aquella hora, la envolvió una luz blanca y brillante. Por la ventana frente a la cama entraba la luna. Ana la miró fijo. Redonda, parecía una cara grande y amiga, alguien a quien conocía hacía mucho tiempo y que inspiraba confianza. Pensó en Domitila. Miró el techo, miró los mosaicos blancos y negros del piso, la máquina de coser a un lado de la cama, sorprendida de ser capaz de ver. Observó cada objeto alrededor suyo. El resplandor le permitía distinguir los detalles. Curiosa, se levantó y caminó por el cuarto, asombrada ante la precisión con que podía dirigirse hacia los muebles y tocar los adornos ayudada por la luz apacible. Hasta las manecillas del reloj sobre la mesa de noche distinguía exactas. Desde la cama contempló el astro por un largo rato mientras aspiraba el olor de los toronjiles de las macetas que descansaban en la ventana. Nunca había notado antes que la luna alumbrara tanto ni la fragancia de los toronjiles.

Gran sorpresa, amaneció en su cama.

La semana que Clemencia permaneció allí, pasaba Ana en el cuarto chico los mediodías con la tía, ayudándola en la confección de las muñecas, escogiendo telas para vestidos entre decenas de retazos, y colores para ojos en un joyero especial repleto de botones, cuya tapa decía, bordado en lentejuelas: Ojos de Muñecas.

Hacia el cuarto de la luna, que no fue más el de la costura para ella, se encaminaba en paz poco después de las nueve. El perfume de las macetas y la noche a través de la ventana abierta la adormecían. Aprendió que aunque la luna cambiara de forma y se hiciera más pequeña, la acompañaba igual y que cuando el cielo más oscuro era mejor se veían las estrellas, que para la niña eran lunas chiquitas.

Al regresar Clemencia a su casa, Ana rehusó volver a la habitación al lado de la de sus padres, se negó a que sacaran del cuartico los avíos de costura para acomodarle un escritorio y no le volvió a dar miedo dormir sola. Nadie le preguntó el motivo del cambio y ella jamás lo explicó. La mamá sabía que estaba relacionado con la luna y lo atribuyó de manera vaga a lo profundo y oscuro de Escorpio, signo de Ana. Todos se sintieron tan aliviados que pensaron había sido casi un milagro y les dio miedo romper el sortilegio con palabras.

Ana y la varita mágica

Aquel año Ana pidió a los Reyes Magos algo muy especial, una varita mágica. Como todos los domingos se había levantado temprano, aunque ni la mamá ni la abuela Teresa ni la tía Ernestina entendieran por qué una niña de siete años madrugaba cuando no tenía clases. El padre no se metía en esas cosas. Le gustaba ver los pájaros posarse en el árbol grande del patio y oírlos cantar sin que nadie los interrumpiera, y eso sólo ocurría en las primeras horas de la mañana, antes de bajar la pekinesa de Ernestina del cuarto de la planta alta donde dormía. Sus ladridos hacían a las aves volar lejos. Al principio Ana lloraba e insistía en que

Ernestina no dejara salir la perra hasta que los pájaros se fueran, pero cuando la tía dijo:

—Total, mis canarios cantan más bonito y puede oírlos a cualquier hora, sin interrumpir el desayuno de la pobre perrita ni levantarse al amanecer, convenció sin dificultad a los otros adultos de la casa de que los deseos de Ana eran puras majaderías.

—No es lo mismo, contestaba Ana, pero a sus siete años les faltaban las palabras para expresar que le gustaban los pájaros del patio por su libertad. Llegaban cuando querían, cantaban el tiempo que deseaban y se marchaban a quién sabe adónde en el momento de su antojo. Los seguía con la mirada hasta ver al más rezagado perderse detrás de una nube lejana. Después se sentaba debajo del árbol grande, y con los ojos abiertos soñaba diferentes sueños. Su favorito era el de la mañana en que despertaba cuando aún todos dormían en la casa y se iba al patio a observar los pájaros como siempre, pero cuando las aves emprendieran el vuelo, abriría ella unas alas azules y doradas que le habían nacido mientras los miraba, unas alas igualitas a las de los angelitos de las estampas que le regalaban en la clase de catecismo y volaría tras la bandada, acompañándola desde cierta distancia, porque para orientarse en el cielo necesitaría ayuda.

De este sueño la sacaba casi siempre la voz de la madre, llamando a desayunar. Se incorporaba con desgano y caminaba despacio hacia el comedor sin ver el patio ni el camino a la casa, los ojos hacia abajo, pero la mirada volcada hacia adentro de sí misma, donde aún estaba el reflejo brillante de sus alas en vuelo iluminadas por el sol. Pisaba ligero, siempre sobre las mismas huellas. Variar la ruta le daba miedo a no sabía qué. Un ligero error en la pisada, una leve desviación del rumbo la obligaba a regresar al banco y emprender el camino de nuevo. Así dos, tres, hubo días de cuatro intentos. Sobre la yerba podía verse la estela grabada por los pequeños pies de la figurita callada, que no salía de su ensimismamiento ni cuando oía aquella frase misteriosa pronunciada por la madre después del tropezón con el quicio de la puerta del comedor:

—Esta criatura vive en la luna.

En realidad a Ana le gustaba hablar y lo hacía con Domitila y con ella misma cuando estaba a solas. La avergonzaba que sus palabras motivaran la risa de los mayores, aún recordaba las sonrisitas durante la época de su miedo a dormir sola, y con frecuencia al terminar su cuento la mamá afirmaba con una sonrisa:

—Se te ocurren cada cosas, y más tarde la niña escuchaba, al agotarse los temas de conversación, su historia repetida a las amistades que visitaban la familia.

Las personas mayores de la casa hablaban de asuntos muy lejanos a los intereses de Ana. En general se ocupaban de las actividades del día y de lo que pensaban hacer en los siguientes. A la hora de la comida el padre comentaba la azarosa política actual y la madre y la abuela intercambiaban las últimas novedades ocurridas a la familia y las amistades, añadiendo a cada noticia su opinión sobre lo sucedido. A menudo este intercambio desencadenaba discusiones, producto de las distintas interpretaciones de los hechos comentados. Discutían mientras comían, sin prestar atención a la cara de Ana que iba perdiendo expresión según las voces subían de tono. De momento la disputa era interrumpida por los gritos de la niña: "Se me ha enturbiado la sopa", exclamaba con los ojos muy abiertos, aunque no tuviera sopa delante de ella. La mamá y la abuela callaban abruptamente, la miraban con extrañeza, y tras unos instantes de silencio proseguían el diálogo, hablando las dos a la vez, culpándose por lo nerviosa que se había puesto la niña, y si el padre y Ernestina estaban presentes las acusaban a ambas. Le daban un vaso de agua y una efímera paz reinaba.

A pesar de la repetición de la enigmática frase, vociferada cada vez que hubo trifulcas en la mesa, éstas no cesaron, forzando la niñez de Ana a soportarlas hasta que los padres se mudaron a Miami. Pasados los altercados verbales todos se preguntaban en silencio de dónde habría sacado Ana lo del enturbiamiento de la sopa, pero como una vez amainadas las tormentas nadie las mencionaba, aunque jamás se solucionaran, nunca preguntaron a una niña cuya manera de ser no entendían y cada cual explicaba de distinta forma.

—Por desgracia, ha sacado tanto de la familia de su padre, decía la madre.

—Desgraciadamente, se parece mucho en el carácter a la familia de su madre, afirmaba con autoridad la abuela Teresa.

Por su parte Ana, a fuerza de no obtener contestación a las preguntas que hacía, o de que las respuestas no contestaran lo preguntado, había creado sus propias explicaciones para una realidad indescifrable a través de las palabras y había aprendido a resolver problemas agobiantes para ella, como las discusiones en la mesa, a su manera. No inventaba, sólo tomaba el material escuchado en la casa y no comprendido y lo organizaba en su cabeza de acuerdo a una lógica personal. En varias ocasiones escuchó a madre y abuela decir, al hablar sobre algún lío de familia:

—Ese es un asunto turbio, cambiemos el tema.

Otro día oyó:

—Las relaciones entre ellos se han enturbiado después de la llegada de la prima. Es mejor no hablar de eso.

Pensó que turbio y enturbiado eran sonidos a los cuales necesariamente seguía el silencio, por lo tanto comenzó a usar aquellas palabras cuando los adultos discutían, combinándolas con sopa por adorar este plato. No preguntó qué significaban porque cuando los mayores se enfrascaban en sus conversaciones, ni siquiera para responder a preguntas sobre el lenguaje le prestaban la atención que ella requería. O peor aún, la miraban torvo al hacer su intromisión.

Abandonó la costumbre de preguntar el día que intentó saber qué quería decir *aborto*. Fue cuando escuchó decir, a la tía Clara primero y a una amiga de la mamá después, que iban a hacerse uno. La pregunta de Ana recibió por respuesta el silencio reprobatorio y la mirada acusadora que le habían dirigido en otras ocasiones, esta vez con más fuerza. "No debí haber preguntado," pensó, pero ya lo había hecho. Cuando le contestaron, fue de manera cortante, sin admitir réplica. Era cosa de personas mayores, ya sabría cuando creciera.

Se sentó en el patio a pensar, repitiendo sin cesar el vocablo con los labios cerrados hasta que el sonido, ya carente de unidad, resonaba desintegrado dentro de los oídos, con acentuación escurridiza: a-bor-to, ábor-to, a-bortó. Puesto que siempre escuchó la palabra salir de una boca de mujer afligida, concluyó que se trataba de algo horrendo que les ocurría a ellas. Lo peor fue que a esta definición siguió la espeluznante convicción de que le sucedía a todas, incluyendo a su mamá y a ella misma cuando creciera. De allí en adelante esperaba con terror la llegada de los frecuentes días de cara sombría de la madre, pensando que la tristeza cuya causa no entendía tal vez se debía a un aborto. Cuando llegaban aquellas mañanas, corría llorando sin consuelo a través del patio, el traspatio y la caballeriza, hasta refugiarse donde terminaba el terreno de la casa, en el área destinada a practicar el tiro al blanco, ante el asombro de los mayores que trataban sin éxito de sacarla del lamentable estado con chambelonas y promesas de llevarla al cine. Al final, Domitila la traía de vuelta a la casa prometiéndole que harían croquetas juntas.

Nadie notaba que las angustias familiares ocupaban gran parte de la existencia de Ana y que si no quería acostarse cuando el padre no llegaba para la hora de dormir, aún cuando después de la visita de Clemencia no sufrió más de la espantosa ansiedad nocturna que la aquejaba antes de la estadía de la tía en la casa, era por temor de despertar al día siguiente con la sospecha de que él no había regresado durante la noche. De no haberlo hecho, los ojos de la mamá amanecían rojos y casi no se abrían y Ana tenía la certeza de que había llorado mucho. Cuando esto pasaba, la niña marchaba temprano y callada a su refugio en el fondo del último patio. Siempre regresaba a la casa con dolor de estómago, pensaban que fingía el malestar repentino y la abuela la obligaba a ir a la escuela aun enferma.

La confusión de Ana aumentaba cuando, a la mañana siguiente de uno de aquellos vendavales subterráneos adivinados por ella, todos se sentaban a desayunar con sus sonrisas habituales y sus conversaciones sobre los acontecimientos cotidianos. La simple mención de un hecho con capacidad para oscurecer el pasado familiar provocaba un cambio súbito de conversación, y los pesares del presente sólo aparecían a través de los ojos llorosos de la madre, las frases mal humoradas de la abuela, las irónicas de la tía Ernestina o la cara hosca del padre. El silencio clausuraba la posibilidad de haber ventilado pesares profundos y rencores viejos, de los cuales había indicios frecuentes.

De la misma manera que Ana suspendió las preguntas sobre el significado de las palabras, renunció a indagar por qué los mayores actuaban muchas veces de forma incompresible para ella. Esto lo aprendió el día que llegó de la escuela antes de la hora acostumbrada, fue a buscar a Zuleika a su cuarto para jugar y al abrir la puerta encontró al papá encima de la muchacha. Zuleika era muy joven, llevaba poco tiempo sirviendo en la casa y Ana y ella jugaban por las tardes.

Al darse cuenta de la presencia de la niña, los cuerpos sobre la cama permanecieron en igual posición, como si de repente se les hubiera ido la vida. Ana, recostada al marco de la puerta abierta, quedó inmóvil y aunque era mayo sintió en la espalda el mismo frío de cuando soplaba un viento norte en enero. Trató de correr, pero los pies no la levantaban del piso, trató de cerrar los ojos y obstinados, continuaban abiertos, fijos en la escena que no soportaba ver. Comenzó a sudar, le ardía la cara y el corazón retumbaba en la garganta y los oídos. Pasaron dos, tres minutos y de repente fue un bólido lo que salió rumbo al cuarto de la abuela. Ni siquiera pensó en preguntar a su mamá, a quien dolería demasiado lo que había visto, lo sabía. Además, Teresa era la madre del papá y conocía todos los hechos familiares.

Llegó a la planta alta sudorosa y con el frío en la espalda. Tragó saliva y preguntó atropelladamente, con una necesidad muy grande de entender, de una explicación que pusiera su revuelto mundo en orden. La abuela escuchó, no pareció sorprenderse. Dijo a Ana, en voz baja, que no se preocupara y olvidara lo visto, ella hablaría con su hijo. Le prometió que no pasaría más y le advirtió no comentar el incidente porque podría causar grandes problemas.

Ana no lo comentó. Aun sin la advertencia no lo hubiera comentado, pero dejó de besar al papá al regreso del trabajo. La madre no entendió la razón del comportamiento e insistió en cambiarlo, la niña se negó a hacerlo y fue castigada a no ver televisión por una semana. La abuela, de acuerdo a su costumbre, no consultó con nadie para levantarle el castigo al segundo día. Sin embargo, esta vez la madre defendió su posición, diciendo que era una de las pocas veces que había decidido castigar a Ana con severidad. Le extrañó sobremanera la oposición de su suegra al castigo, porque la anciana tenía una marcada inclinación al rigor disciplinario con los niños. Discutieron, y como de costumbre, Teresa impuso su voluntad. El papá siguió trayendo a Ana sus bombones favoritos y llamándola princesa. El único cambio en su conducta fue que intervenía aún menos en las decisiones relacionadas con su hija.

El impacto de la escena fue tan fuerte, que la impasibilidad del padre la hizo dudar si había visto lo que vio. Tal vez había sido una pesadilla. Poco a poco la imagen del dormitorio de Zuleika fue haciéndose más difusa y comenzó a besar al papá de nuevo al regreso del trabajo, aunque algo la perturbaba cuando se acercaba a él.

Un sueño le trajo alivio. Un ojo grande, más grande que todos los de verdad, un ojo que era sólo ojo, sin cara y sin cabeza. Lo sujetaba con las dos manos para que no se resbalara y apretaba fuerte con los pulgares a cada lado de la pupila para oprimir el centro. Comenzaron a salir despacio, uno trás otro, animalitos deformes y gelatinosos de distintas formas, largos y delgados, redondos, todos con ojos saltones y sin boca. Ana los agarraba según aparecían y los sentaba en una silla. En el momento en que sentaba el último, Domitila entró en la habitación con una botella de desinfectante en la mano y los roció. Murieron apiñados. "No te preocupes, dijo Domitila, no van a molestarte más".

Lo soñado le pareció tan real y la escena contemplada días atrás en el cuarto de Zuleika tan lejana, que la línea divisoria entre realidad y sueño casi se borró. En adelante, al pensar en aquellas imágenes era muy difícil distinguir a cuál reino correspondía cada recuerdo.

En realidad, Ana tenía dos razones para levantarse temprano los domingos. La primera eran los pájaros y la segunda que ese día Domitila y ella tomaban café juntas, aunque la mamá había prohibido la bebida a la niña. Era lo primero que hacía, antes de ir al patio. Lo tomaban en la cocina, sentadas a la mesa de madera rústica donde la vieja picaba cebollas, machacaba ajos y siempre comía. Ella también se levantaba todos los días al salir el sol, aun cuando fuera domingo como hoy y además, víspera de Reyes.

El café y los cuentos de Domitila eran secretos compartidos

y apegaban más a Ana a la cocinera que las incontables papillas que le había dado de comer sobre sus piernas y las largas horas que la había cuidado desde bebé. En aquellas mañanas la vieja contaba historias de su familia y explicaba el mundo. Contrario a los dueños de la casa, ella sí hablaba de las tristezas de los suyos. A Ana le gustaba tanto lo que Domitila contaba que la hacía repetirlo una y otra vez. Así, varias mañanas había hablado del primito que desapareció al nacer hacía muchos años, en circunstancias misteriosas.

Una tía de la cocinera tenía ya más hijos de los que podía mantener cuando quedó embarazada de nuevo. Por nueve meses lloró, maldiciendo su triste suerte y al marido que le había hecho el hijo para abandonarla después. El parto se presentó a una hora en que los familiares trabajaban. Sólo estaba allí Domitila, quien a los diez años no iba ya a la escuela para atender los quehaceres de la casa. Después de traer la comadrona que siempre asistía a la tía, la niña se sentó a aguardar el nacimiento en una salita contigua a la habitación donde se realizaba el parto. Una hora más tarde escuchó el llanto de un bebé. Saltó del sillón sonriente y corrió al cuarto para verlo. La comadrona le impidió el paso en la puerta y le ordenó esperar.

Después de un rato muy largo para la niña, aunque ya de adulta pensó que tal vez no fue tanto tiempo, abrió la puerta y le permitió pasar. La recién parida se veía muy cansada, no abrió los ojos ni habló al entrar la sobrina. El bebé, dijo la partera, nació muerto, estrangulado por su propio ombligo. No estaba allí. Las dos mujeres parecían tan agobiadas, el cuarto tan lóbrego, que Domitila se escabulló, arrepentida de haber entrado, y no fue hasta muchos años después, cuando ya la tía no vivía, que mencionó el llanto del niño.

La primera vez que Ana escuchó el cuento preguntó a la vieja por qué no lo dijo. Domitila contestó, mirándola a los ojos:

—Porque todos hubieran sabido que nació vivo.

—¿Por qué te dijeron mentira, dónde estaba? Preguntó la niña abriendo los ojos.

—No sé, a lo mejor Dios hizo un milagro y se lo llevó al cielo con cuerpo y todo inmediatamente después de nacer, pensando que ya había demasiados hijos sin padre y sin dinero en aquella casa. Mi tía estuvo muy triste por largo tiempo, pero aún así siempre decía que había sido mejor como fue, sobre todo para la criaturita que ahora estaría feliz en el cielo.

Tal vez no dijeron la verdad porque a la gente le hubiera costado trabajo creerla. Es difícil creer en milagros, Ana, pero existen.

Cualquier historia de Domitila embelesaba a su pequeña oyente, que seguía pensando en el cuento por horas después de levantarse del asiento de la cocina. Pero para la niña el mejor era el de la abuela de la vieja.

A la abuela la trajeron de Africa para trabajar como esclava en un ingenio. Al llegar a la nueva tierra le pusieron por nombre Esperanza y por joven y saludable fue designada a la casa de los dueños. Allí servía a la esposa del amo, quien esperaba su primer hijo. La muchacha pasaba los días lamentándose. Extrañaba el lugar de donde la habían sacado a la fuerza, a su familia, su lengua.

Poco tiempo después de su llegada conoció a un esclavo, trabajador de los cañaverales y se enamoraron. En aquel amor encontró Esperanza consuelo para sobrellevar sus pesares. Con él podía hablar y al abrazarlo el horror de su destino le dolía menos. Pero los breves encuentros les resultaban cada vez más difíciles de repetir, sobre todo desde que el ama tuvo unas niñas gemelas de las que Esperanza estaba encargada día y noche. No mencionó sus sentimientos a la señora por la certeza de que sólo serviría para empeorar su situación. Vivía acechando una oportunidad para correr al barracón donde dormía Braulio. Sus escapadas fueron descubiertas cuando quedó embarazada. De allí en adelante la vigilancia sobre ella fue constante. Tuvo una niña que le arrebataron a los pocos días de nacida y que al crecer fue la mamá de Domitila.

Desolada por la separación de la hija, Esperanza odió con una saña sin fronteras a los amos, con un odio que se extendía a cuanto amaban y les pertenecía, incluyendo las gemelas. Una noche de insoportable dolor, a la hora de dormir Esperanza puso, en cada uno de los biberones, estricnina de la que usaban en la casa para matar los perros jíbaros que merodeaban la finca, y después de alimentar las niñas mezcló una buena cantidad del polvo con una limonada que se bebió de un tirón. Muertas las tres, echó a volar llevando una gemela agarrada fuerte de cada mano y las devolvió al cielo de donde habían venido. Ya sola y libre, no se detuvo hasta llegar a Africa.

Las historias armadas por las palabras de Domitila eran las más coherentes que Ana escuchaba. La vieja respondía de manera directa y sin preámbulos a sus preguntas, por lo tanto llegó a constituir fuente incuestionable de verdad. Era cierta cualquier cosa que Domitila dijera porque la había dicho ella, pero el mundo creado por la vieja carecía de hechos que mostraran lo dicho.

La niña percibía la vida desde dos ángulos. De un lado divisaba la confusa concreción de la vida familiar y desde el otro la clara abstracción de los cuentos de la cocinera. La unión de estas dos perspectivas llegó a ser la manera en que Ana veía el mundo, uno que le pertenecía sólo a ella y donde los hechos de la vida cotidiana se explicaban a la manera de Domitila.

Así, un día en que Ernestina y su mamá comentaban la muerte de Matilde, la abuela materna de Ana, ocurrida años atrás, la niña preguntó adónde había volado la señora después de muerta. Ana recibió una de aquellas miradas, entre asombradas y burlonas, que le dirigían con frecuencia y le respondieron que de dónde había sacado aquello, las personas no volaban. La niña calló. Más tarde llegó a la cocina, se sentó junto a Domitila que tomaba café y la cuestionó sin preámbulos:

—¿Por qué tu abuela volaba y la mía no?

La vieja respondió de inmediato, sin asomo de duda en la respuesta:

—Porque para volar es necesario haber sufrido mucho. Es la única forma de aprender a hacerlo, y no creo que a la señora Matilde le haya pasado en toda su vida algo tan triste como lo que pasó a mi abuela.

Ana se levantó y salió de la cocina, satisfecha con la contestación. Las personas sí podían volar, pero para lograrlo eran necesarios ciertos requisitos.

Aquel domingo de víspera de Reyes se levantó sin haber decidido qué quería. Ya la mamá y la abuela le habían preguntado tantas veces en los días pasados, y le habían advertido tanto que estaba esperando demasiado y no podían garantizar que los Reyes encontrarían a última hora lo que ella quisiera, que desistieron de insistir.

La niña las miraba en silencio al oír la pregunta. Quería cosas, claro que las quería, pero los Reyes no le traerían ninguna de ellas. Hubiera querido un hermanito, pero lo había pedido mucho y según la mamá era imposible por problemas de salud, y según Domitila porque Ana era abicú. No entendió ninguna de las dos explicaciones, pero sí que no iba a ser complacida.

Hubiera querido tener más amigas, pero los Reyes no traían personas y siempre le compraban lo que pedía, sin necesidad de días especiales ni de magos. El mejor regalo que había tenido en su vida completica eran las muñecas que le hizo la tía Clemencia y ni siquiera tuvo que pedirlas. No quería pedir juguetes a unos seres para quienes nada era imposible. Sería desperdiciar la oportunidad de obtener algo único.

A media mañana la mamá le preguntó si necesitaba ayuda para escribir la carta. Ana contestó que no, sabía hacerla sola, pero a la hora del almuerzo seguía cabizbaja y la abuela Teresa pidió a Domitila que la llevara a la matinée.

A pesar de su enorme gusto por el cine, casi no prestó atención durante la primera media hora de la película, obsesionada con su pedido a los Reyes. Justo a los cuarenta minutos, en la pantalla apareció un hada. Ana rodó el cuerpito hacia adelante en el asiento y apoyada en el borde, con el cuello tenso y la cabeza inmóvil permaneció durante el resto de la historia. Al terminar la función, rumbeó hacia la casa, sin querer detenerse ni por helado. Eran más de las cinco de la tarde cuando escribió con esmero:

Queridos Reyes magos:
Quiero que me traigan una varita mágica.
Un beso,
Ana

Satisfecha con su decisión, dobló la carta con esmero, la colocó en un sobre y la recostó a una de las macetas de toronjil, en la ventana de su cuarto, mirando al jardín para facilitar su visión desde afuera. ¡Qué suerte haber ido al cine! Con una varita mágica haría amiguitas, jugaría con ellas en su cuarto y las haría desaparecer cuando terminaran de jugar o llegaran los adultos. Y lo mejor era que cuando las quisiera de nuevo, las traería. A lo mejor hasta sería capaz de hacerse un hermano.

Mientras Ana, después de terminar la escritura, soñaba bajo el árbol grande del patio, la mamá leyó la carta. Ante la indecisión de su hija había acumulado numerosos juguetes. Compró todo lo que en algún momento la niña mencionó que le gustaría tener, pero jamás se le ocurrió una varita mágica.

Aquella noche, tras mucho buscar en tiendas grandes y pequeños kioscos de juguetes de los que permanecieron abiertos hasta tarde, Ernestina y ella hallaron una varita hecha a mano por un viejo, dueño de la tiendita donde la consiguieron.

La colocaron a los pies de la cama de Ana, junto con algunos de los juguetes más elaborados y caros que tenían guardados, porque les parecía inconcebible dejar a la niña sólo aquel palito con una estrella en la punta.

Sin embargo, cuando Ana vio la varita a la mañana siguiente la tomó sin hacer caso a los otros regalos. No era como ella la había imaginado y se maravilló de que un instrumento tan sencillo fuera capaz de realizar milagros. Su único comentario fue que la varita tenía sus colores favoritos, verde y violeta. Seguro que los Reyes la habían pintado así porque lo sabían.

Quiso quedarse sola en su cuarto. De pie en medio de la habitación, cerró los ojos, levantó el pequeño palo verde con una mano y dijo en voz alta:

—Varita mágica, tráeme una amiguita de siete años.

Sacudió la mano y abrió los ojos. Esperó. Nada pasó. Cerró los ojos de nuevo, repitió las palabras y movió el brazo con mayor fuerza. Nada. Lo mismo cinco o seis veces más. Ante la falta de éxito pensó que tal vez estaba intentando algo muy complicado. Si en vez de gente trataba de hacer objetos, a lo mejor funcionaba. Pasó un largo rato esforzada en materializar muñecas, casitas, lápices de colores, libros.

Habían pasado varias horas cuando la mamá entró en el cuarto y la encontró sentada en la cama, con expresión de desencanto. Sin mirar a la madre, con los ojos húmedos, dijo:

—Esta vara no es mágica, no hace nada.

Y comenzó a quejarse con sollozos largos. La madre la abrazó.

—La vara sí es mágica Ana, lo que pasa es que para que funcione hace falta que la persona que la use sea maga y tú no lo eres.

La explicación, dada para consolar a la niña, la devastó. En gritos sin consuelo se convirtieron los sollozos. Corrió hasta la cocina donde Domitila terminaba de preparar el almuerzo. Llorando y sofocada por los profundos gemidos, contó lo sucedido. La vieja le dio agua, la sentó en sus piernas y le dijo.

—Escucha Ana, tu mamá tiene razón, pero hasta cierto punto. Tú no eres maga ahora mismo, pero eso se aprende y si de verdad quieres serlo y te empeñas, seguro que vas a lograrlo. Lo que pasa es que hay diferentes clases de magia. Yo, por ejemplo, soy maga de la cocina. A ver, ¿Tú te comerías una clara de huevo cruda?

—Ana la miró e hizo un gesto de asco.

—Sin embargo, te encantan los merengues que yo hago, y los merengues son nada más que clara de huevos cruda con azúcar, pero hay que saber hacerlos. Tu mamá lo ha intentado algunas veces y no le salen bien. A mí sí porque he practicado mucho y sé prepararlos. Y las galleticas, ¿qué son antes de ser las estrellitas, muñequitos y arbolitos de navidad que tanto te gustan? Son harina de castilla, mantequilla, azúcar, huevos, chocolate. Si yo pongo ahora mismo esas cosas encima de la mesa y te digo a ti que las conviertas en galleticas ¿sabrías cómo hacerlo?

Ana, ya con los ojos secos, pero todavía rojos, dijo que no con la cabeza.

—Pues eso es magia.

—Pero yo quiero hacer personas, dijo la niña.

—Es posible que llegues a hacerlas algún día, pero tienes que empezar por cosas sencillas. Yo te voy a explicar qué vas a hacer primero. Vas a irte al patio, te vas a sentar quieta debajo del árbol grande y con mucha paciencia vas a esperar a que llegue un pajarito y se pose en una rama del árbol o en la yerba, da lo mismo. Entonces vas a decir: Ahora, pajarito, vuela, lo señalas con la varita mágica y la agitas con la mano estirada. Verás cómo te obedece. Después te vas donde una flor que aún no ha abierto, pero que ya está grande y le dices: flor, que mañana por la mañana, cuando yo me levante y venga a verte estés abierta. En este caso tienes que esperar hasta el otro día, pero verás cómo la flor va a hacer lo que le dijiste. Poco a poco, cada día serás capaz de hacer actos de magia más grandes. Lo más importante es que no pierdas el ánimo. Cuando te canses deja la varita, haz otra cosa y cuando hayas descansado empieza a practicar de nuevo.

Más sosegada, Ana almorzó. Se sentía un poco desencantada de que la varita no funcionara como ella había imaginado al principio, pero la entusiasmaba la idea de que podía aprender a usarla. Salió al patio y en efecto, cada vez que se posaba un pajarito y ella le ordenaba volar señalándolo y agitando la mano, volaba. Pero a pesar de las advertencias de Domitila de que no intentara prodigios mayores, no podía evitar señalar una ranita y ordenarle:

—Vuélvete una serpiente.

Siempre que intentaba algo similar, fracasaba.

Oscurecía y Ana continuaba ordenando milagros. Ya la habían llamado a comer dos veces y contestaba:

—Un ratico más. Cinco minutos.

Entendía las razones de Domitila, pero quería que la vara

mágica hiciera algo extraordinario, algo que no era normal y ella era capaz de hacer ahora. Miró al cielo, ya oscuro, y pensó que parecía como si un gigante se hubiera llenado la boca de agua, soplado con fuerza y cada gotica fuera estrella ahora, tantas había. Pensando en las muchas cosas que le gustaría hacer con su magia levantó el brazo mientras movía el palito verde con la estrella rosada en la punta. De repente, mientras hacía un fuerte movimiento con la vara y miraba al cielo, una de las estrellas, grande y luminosa comenzó a caer. Ana la siguió a través del firmamento con la mirada llena de asombro y la boca abierta. Recordó que Domitila le había advertido que cuando esto pasaba se pedía un deseo y era concedido. Y en los fugaces instantes en que la estrella descendía rogó, con la vehemencia que una niña de siete años puede poner en un ruego:

—Estrellita, no te caigas.

Y ante sus ojos perplejos, la caída vertiginosa de la estrella se detuvo, giró sobre sí misma y comenzó a ascender, y ascendió hasta convertirse en un punto brillante, fijo en lo más alto del cielo.

Ana permaneció inmóvil por unos instantes, contemplándola. Sintió una alegría desconocida hasta entonces, una felicidad mayor que la de ir al cine. Sólo se podía comparar con la de algunos sueños. Era como había imaginado que se sentiría si supiera que su mamá no iba a llorar más nunca o si jamás hubiera regresado temprano de la escuela para encontrar a su papá en el cuarto de Zuleika.

Tenía que contárselo a Domitila, y corrió a la casa sin preocuparse por pisar sobre sus huellas.

Ana y la nieve

Lo que más la impresionó de la nieve fue el silencio. Dos días antes de Navidad, justo a los dos meses de su llegada, el jardín amaneció blanco y la desconcertó el hacer callado de una naturaleza a la que no estaba acostumbrada.

"No la sentí. Me hubiera gustado verla empezar a caer. A lo mejor fue cuando todavía estaba despierta, con lo que demoro en conciliar el sueño en este infame lugar", pensó en aquel lenguaje que perturbaba y con frecuencia molestó a quienes escuchaban salir de boca de tan pocos años la alambicada retórica.

¿Pero tan largo sería en verdad el tiempo que pasaba entre acostarse y dormir? En dos o tres ocasiones Diane y Mark mencionaron durante el desayuno aullidos junto a la casa, durante la noche. Ella jamás los oyó, y a la hora en que dijeron haber escuchado al lobo acababa de irse a la cama. ¿Dormiría sin saber que dormía, no duraba su desvelo tanto como creía? La perturbó la idea, eran demasiadas las cosas que le pasaban últimamente sin darse cuenta.

Pero en el purgatorio todo es posible, pensó abatida y sintió encogérsele el estómago, y seguir encogiéndosele hasta que le sobró espacio adentro, un pedazo de ella vacío.

Contempló despacio el jardín. No le gustaban las sorpresas. El suelo, las ramas de los árboles sin hojas, los arbustos a los que no se les caían las hojas, sembrados junto a la cerca que lindaba con la acera, la pajarera, sin ningún pájaro ahora. Todo cubierto. Y tanto silencio blanco le dio miedo. Más aún, porque con miedo amanecía cada mañana, y al sentirse despierta rezaba, con los ojos cerrados todavía, para que al abrirlos el paisaje frente a su ventana fuera distinto al de la noche anterior. De ser así, su castigo estaría cumplido. Cerró los ojos aletargada.

Diez minutos después despertó de nuevo. En estado de alerta, palpitándole las sienes, pero lentos los párpados para alzarse y enfrentar la faena de vivir un nuevo día, que le resultaba tremebunda.—Vaya palabra. La escuchó por primera vez de boca del padre pocos días antes de dejar su casa y él no podía imaginarse lo útil que le había sido en estos meses. La decía…pensaba, para ser exacta, a diario. Era tremebundamente desgraciada — y sonrió al escuchar en su imaginación el sonido de la desmesurada frase. Le gustaba. De haber estado en su casa la hubiera estrenado en un almuerzo de domingo, la abuela Teresa habría detenido el tenedor que se llevaba a la boca, volteado la cara para mirarla fijo y exclamado:

—Qué chiquita parejera ésta, vaya que nos ha salido filósofa de quincalla.

Su casa…

Abrió los ojos y observó el árbol sin hojas junto a la ventana al lado de su cama. El cordoncito rizado encima de cada una de las ramas le recordó el borde de merengue de los cakes de Domitila y su sonrisa al acercarse a la mesa del comedor sosteniendo el cake con las dos manos. ¿Le dijo alguna vez cuánto le gustaban los cakes que le hacía?

—Tus cakes son los mejores del mundo, los mejores —y la abrazó.

Sí se lo había dicho, veía la escena clarito, sentía el calor del cuello al rodearlo con los brazos, sentía en su pecho chiquito la humedad del grande y sudoroso de la cocinera. Sentía, sí. Pero trató de distinguir las facciones de la cara en aquel momento y no pudo. Trató apretando duro los ojos, y comenzó a ver círculos verdes y violetas que se ensanchaban y cerraban.

¿Por qué nunca le dijo a Domitila cuánto le gustaban sus cakes?

Sintió frío. Haló hacia ella la frazada que había pateado al despertarse, arrojándola a los pies de la cama y se tapó hasta el cuello, sosteniéndola con los puños cerrados dentro de ella. Temblaba. Olió pancakes.

—Olor a pancakes, llamada a desayunar en cinco minutos susurró.

Respondía la primera vez que oía su nombre, aunque el primer impulso al oírlo era meterse debajo de la cama para no bajar al comedor. Pero su propósito de enmienda la obligaba a acudir a comer tan pronto la llamaban. Hasta la sopa de Diane tomaba sin réplicas.

Recostada al espaldar de la cama, las piernas junto al pecho y apretada la frazada bajo el cuello con las dos manos, hizo una mueca con la boca al pensar en aquella sopa en la que flotaban siempre fideos gruesos y blancos, cuando ella sólo tomaba la que le hacía Domitila, con cabello de ángel, bien finitos, amarillos. Ojalá que hoy no hicieran. Era sábado. Los sábados desayunaba y volvía a su cuarto con el pretexto de hacer tareas, tenía un montón para el lunes. En realidad, regresaba para atormentarse sin interrupciones.

En su casa sí tardaba en levantarse para ir a la escuela. Y para ir a comer. Cuántas veces la llamaban. Hubo tardes que cinco. Y ella sentada debajo de la mata de mangos. Se demoraba adrede. Para castigar a la madre por llorona, al padre por hacer llorar a la madre, a la abuela porque no regañaba al padre cuando hacía llorar a la madre, a la tía porque le era indiferente que su madre llorara. Tardándose se vengaba de la gente grande. De las discusiones enfrente de ella, de la angustia de ver las ojeras con que su madre amanecía cada vez que su padre llegaba de madrugada a la casa.

La mata de mangos del traspatio. Al pie de ella soñaba con el día en que le naciera un hermano, o en el momento en que, con su magia, se hiciera una amiguita. La haría invisible, así podrían vivir juntas sin que nadie las molestara. Cómo gozaba quedándose allí horas, aunque por hacerlo la castigaran a no ir al cine los domingos. Los episodios de *El águila del desierto* que perdió por culpa de la mata de mangos. ¿En qué estarían los episodios?

Seguía sin entender, no importaba que enmudecida y con ojos de espanto al llegar al aeropuerto de Miami y no encontrar a la tía Clemencia esperándola, le hubieran explicado que era por su bien, que fue necesario hacerlo para salvarla del Comunismo, que ahora estaba segura, nadie la llevaría para Rusia, se reuniría con sus padres pronto, vendrían a buscarla y viviría con ellos igual que antes, mejor que antes. Ahora estaban esperando a un señor y una señora muy buenos que vivían en Iowa y la cuidarían hasta que los padres llegaran de Cuba. Había tenido mucha suerte de que estas personas se ofrecieran a cuidarla. "¿Iowa, Iowa?" —Y la explicación llegaba cada vez de más lejos. Llegarían de un momento a otro. Un señor y una señora muy buenos.

—Es por tu bien, es por tu bien— repetía el hombre un poco viejo que pronunciaba Rusia con una "r" como de decir "pero", no "perro", que es como se dice *Rusia*. Y prestaba más atención Ana, ajena al momento, a cómo el hombre pronunciaba las palabras que a su significado, incapacitada para asumir la desolación de aquella realidad imprevista.

Las razones expresadas por el hombre rebotaban en los oídos de la niña. El hablaba y ella sudaba. Y veía círculos verdes y violetas que al ensancharse se transformaron en olas que se movían de izquierda a derecha y entre ellas estaba su casa de La Habana y su familia y en medio de la conversación incesante del hombre, Ana trataba de aclarar en su mente si la escena que tenía enfrente había existido alguna vez, si hacía horas o años de haberla vivido.

En el portal, de pie ante los sillones cuya madera brillosa contemplaba con nitidez, esperando a que el padre sacara el carro del garaje para llevarla al aeropuerto, veía a la gente de siempre, la mamá, la tía, la abuela y en el patio los pájaros de siempre, los gorriones, los totíes, algún tomeguín, un zunzún. Los perros de Ernestina, los fastidiosos perros de Ernestina. Sólo Domitila faltaba del portal, pero también la veía porque entre las olas violetas y verdes la casa no tenía paredes ni divisiones. Domitila enfurruñada en la mesa de la cocina. Al ver a su padre estacionarse delante de la casa y a su madre abrir la puerta para montarse, Ana corrió hasta la cocinera y la besó en la mejilla olorosa a jabón Hiel de Vaca. La vieja le acarició la cara con las dos manos sin moverse de la silla, el padre tocó el claxon impaciente y Ana conservó el recuerdo del momento como un roce suave, de suavidad casi imposible viniendo de mano tan curtida. Un poco más allá, a cuatro cuadras de la casa, estaba la escuela a la que fue siempre, un poco más tarde, cuando la comida, estaban las discusiones diarias de la familia.

¿Y dónde estaban ahora aquellos siempre?

Escuchaba la voz de su madre.

—Claro que estará esperándote en el aeropuerto. Igual que el año pasado. Se muere de ganas de verte y dice que ya tiene preparadas las telas para las muñecas que van a hacer juntas. Este año va a enseñarte a hacerlas.

Y Ana abrió los ojos en gesto muy suyo de contento, al imaginarse de regreso, trayendo en las manos, hecha por ella, una muñeca igual a las que hacía la tía Clemencia.

—Te vas el viernes. Tenemos que estar en el aeropuerto bien temprano porque los viajes se han complicado. Ahora son un lío y hay tremendo papeleo antes de embarcarse.

Ni siquiera protestó por la larga espera en el aeropuerto y las idas y venidas a distintas ventanillas. Todo lo soportó complacida, animada por la idea de que el viaje eran sólo cuarenta y cinco minutos, como decía siempre su mamá, y la tía Clemencia estaría esperándola. Le gustaba ir a su casa.

La tía Clemencia había muerto un mes antes de llegar Ana a Miami, le dijo su mamá cuando se reunieron de nuevo. Se lo dijo llorando con grandes hipidos, que cuando planearon el viaje de Ana la tía vivía y estaba contenta de cuidarla hasta que ella y el padre salieran de Cuba, pero tan fatales se pusieron que murió de repente de un mal extraño, algo relacionado con la carne de res importada de Inglaterra porque la única carne que comía Clemencia era la que venía de Inglaterra desde que se aficionó a ella con la amiga británica. Inglesa no, rectificaba, británica, que había nacido en la India. Ella también murió de una manera rara. Destino extraño el de Clemencia, viviendo en Miami desde 1947. La única de la familia, a nadie se le ocurrió jamás vivir fuera de la isla, pero a ella la influían las amigotas esas con las que andaba, ése era el único problema con Clemencia, las amigotas. No debió haber hecho planes relacionando a Clemencia en ellos, pero quién iba a imaginarse, si estaba de lo más saludable, sólo padecía de artritis y no amenazaba matarla ni en veinte años, y lo más importante era sacar a Ana de Cuba. El peligro era inminente. "De esa gente puede esperarse cualquier cosa".

Mentira, todo mentira, se repetía Ana, muda y con los ojos secos, la noche de la llegada al aeropuerto de Miami. Se lo repitió como una antífona durante el viaje entero a Iowa. Y le parecía tan mentira que su mamá y papá y abuela y tía hubieran inventado la historia macabra, la llevaran al aeropuerto y la pusieran en un avión sola, para que un hombre alto y un poco viejo la esperara en Miami y le hiciera aquella historia de Rusia, para que una mujer alta y rubia también, a quien ella nunca había visto, para que una persona a quien ni siquiera entendía lo que hablaba la montara con ella en otro avión y la llevara a un lugar donde las esperaba otro hombre alto, menos viejo que el que la recibió en el aeropuerto de Miami y de ahí fueran adonde todo era extraño, donde no le gustaba lo que comían, donde su único consuelo era acostarse cada noche lo más temprano posible para llorar por el mayor tiempo posible. Tan irreal era todo que una mañana, dos semanas después de haber llegado, cuando la despertaron para ir a la escuela y le pareció imposible ser capaz de levantarse, bañarse, vestirse, tragar el cereal con leche que le servirían y enfrentar la maestra y los compañeros de clase que la aterrorizaban por sentirlos absolutamente ajenos, pensó con una claridad transparente por lógica, que estaba en el purgatorio.

Había muerto. Este era el purgatorio del que hablaba la abuela Teresa. No el infierno porque allí hay fuego y la queman a una y aquí a ella no la torturaban así. No era el cielo porque en el cielo una es feliz y ella era muy desgraciada. Y trató aquella mañana, mientras la maestra explicaba unas reglas de matemáticas de las que ella no entendía nada, de aclarar su situación, recordando todo lo que la abuela le había contado sobre el purgatorio.

—Es un lugar en el que se sufre por un tiempo, hasta que pagas las culpas por las que te mandaron allí.

No era para siempre, de eso se acordaba bien y sintió enorme consuelo al recordarlo. Entonces, lo que tenía que hacer era obedecer y esperar a que pasara el tiempo. Ahora se daba cuenta de que los adultos tenían razón. Era malcriada, de seguro muy malcriada, la prueba era lo que le pasó. Nunca pensó que tanto, de haberlo sabido…Debió prestar más atención a la abuela. Pero aún aceptando su culpa debieron haberle dicho a cuánto tiempo la habían condenado. No recordaba el juicio. Pero tampoco recordaba haberse muerto.

—Síguete encaramando en esa mata—oyó la voz de la abuela—a pique de que te caigas y te desnuques. Ni tiempo de llevarte al hospital vas a dar, será una muerte instantánea.

Hasta Domitila lo decía, y ella muy pocas veces la regañaba. Pero aun haciendo un minucioso recuento de regaños y advertencias, no podía precisar el momento del desnucamiento. Con todo, la tranquilizó el relacionar su exilio con su desobediencia y encontrar un nombre para el lugar del desamparo.

En aquel instante decidió acelerar su proceso de aprendizaje del inglés y se dijo que estaba en el mes de "November" y que tenía que prestarle atención a la maestra. Al llegar a la casa aquel día, en dos horas memorizó los nombres de los meses, de los días de la semana y los números hasta el 365, repitiéndolos cada vez que llegaba al final. Quería acelerar el tiempo. Por qué se le ocurrió que repitiendo los números de días que tiene un año disminuiría su espera, no lo entendió nunca, ni de adulta.

Todo blanco más allá del vidrio. También el borde de la ventana donde estaban apoyados dos tiestos llenos sólo de tierra, cubierta ahora por la nieve. Cuando llegó ya las macetas no tenían flores, pero aún conservaban las plantas, casi secas. ¿Bajo la gruesa capa blanca seguiría verde la yerba del jardín?

Recostada al espaldar de la cama y siempre tapada hasta el cuello miraba la nieve caer y pensó qué diferente era de la lluvia. El sonido. Cuando caía y aún antes de caer se anunciaba. El patio, el traspatio de su casa. Qué suerte que en el purgatorio no te quitan la memoria. Truenos, relámpagos y el aguacero sobre las macetas de toronjiles que se apoyaban en el borde de la ventana de su cuarto. Olían más los toronjiles después de llover.

Siguió la trayectoria de unos copos grandes al caer, los vio tocar la yerba del jardín, quebrarse y acumularse para formar una alfombra cada vez más gruesa, y sintió miedo. La asustaba el silencio, no estaba acostumbrada a él. Ni al de la nieve ni al de las comidas de conversaciones escasas, sostenidas en voz baja, durante las cuales no podía dejar de extrañar las discusiones entre su madre y su abuela, que tanto la atormentaron cuando las vivió.

Aquella noche de su llegada, dos meses atrás, después de comer callada un plato de cereal, acostada ya en el cuarto decorado en blanco y verde menta, recién pintado para ella, trató de entender, pero sólo atinaba a llorar. Jamás vio indicios en Cuba de que la quisieran llevar a ningún lugar adonde ella no quería ir. ¿Rusia? Ahora sí estaba donde ella no había pedido venir ni quería haber venido. Tal vez podía hablar con la señora y el esposo, o el que ella pensaba era el esposo porque había ido a esperarlas al segundo aeropuerto. Lo haría a la mañana siguiente. A la mañana siguiente desayunó con el matrimonio de mala gana y callada. ¿Cómo iba a decir, si no sabía cómo decirlo?

Desganada continuó, a pesar de las vitaminas que le recetaron y de la gimnasia que la llevaban a hacer en la escuela, desagradable tarea que ella aceptaba gustosa después de su propósito de enmienda, por ser parte de su penitencia.

Al cumplir un mes en la nueva casa entendía más inglés del que aparentaba. Prefería permanecer callada y tan pronto regresaba de la escuela encerrarse en su cuarto a contemplar la mocha que había traído con ella y colgado frente a su cama. Una mochita de cortar caña, en realidad más pequeña que una normal y con poco filo, que le habían comprado en una tienda de souvenirs durante un viaje a un ingenio de Matanzas. Al padre le pareció descabellado complacer el antojo de la niña caprichosa que entre cientos de chucherías disponibles en aquel mercado, prefirió una mocha de cortar caña, aunque tuviera un paisaje típico, dos palmas delante de una montaña y un río que descendía entre las palmas, dibujado en uno de los lados.

—¿A quién se le ocurre comprarle semejante artefacto a una criatura de nueve años?

Se le ocurrió a su mamá, que para acallar una perreta de Ana accedía casi a cualquier cosa. Y Ana se apegó de tal manera al juguete que lo llevaba a los paseos, aunque fuera necesario comprarle una bolsa para este propósito. No hubo forma de convencerla de no viajar a Miami con su artefacto. En Iowa no la llevaba a pasear con ella. Hizo que se la colocaran en la pared, frente a su cama y mirándola pasaba largas horas, imaginando cómo, de un solo tajo, cercenaba las cabezas de cuantos la rodeaban. Una y otra vez tronchaba cabezas que rodaban por el suelo chocando entre ellas, los pelos enrojecidos de sangre propia y ajena. Con esta visión Ana sentía aliviada aquella pena tenaz que la agobiaba durante cada una de las horas en que tenía los ojos abiertos. Dormida, soñaba con las cabezas cercenadas en un sueño recurrente que ni parecía serlo porque era réplica de su imaginación diurna.

Ya de mujer, Ana contaba que fue una época en que la mayor parte de sus energías eran consumidas por el afán de controlar las ganas, casi incontrolables, de descolgar el machete de su sitio en la pared y usarlo.

—Ana, vístete que vamos a pasear. Está nevando. Verás qué lindo, dijo Diane sonriente, asomándose a la puerta del cuarto.

Ana se levantó, se vistió y después de su frugal desayuno habitual, salieron.

La niña que se sentó junto a Diane en el carro aquella mañana era una criatura taciturna que llevaba dos meses allí y había celebrado su décimo cumpleaños un mes atrás con un cake de chocolate que tenía escrito en el centro *Happy Birthday Ana,* una niña cuyo peso luchaba la madre adoptiva por mantener dentro de lo normal a base de vitaminas e insistencia para que no se levantara de la mesa sin haberse llevado algo a la boca.

Ana acomodó junto a Diane el cuerpito flaco y malhumorado y volteó la cara hacia la calle, indiferente. Indiferente estuvo hasta que al pasar por una de las casas vio a tres niños haciendo un muñeco de nieve. Gordo, con nariz redonda y una pipa en la boca. Ana lo miró con atención poco usual en ella y continuó observándolo después de pasar, volteando la cabeza primero y el cuerpo entero después. Al encontrar un segundo grupo de niñas que fabricaban otro muñeco, pidió a Diane detener el carro. Más de cinco minutos en estado de atención absoluta, la cara incrustada en el cristal de la ventanilla. Al regresar dos horas después, con un tabaco en la mano que suplicó a la madre adoptiva que le comprara y tras el cual recorrieron cuatro establecimientos de la ciudad, algo en la expresión le había cambiado. Hasta parecía contenta. Diane miraba de reojo durante el viaje de regreso, preguntándose para qué querría el tabaco.

La mañana siguiente, temprano, recuperando un hábito de madrugar que parecía haber dejado en La Habana, Ana se levantó, desayunó el jugo, el cereal y la leche que le sirvieron y al terminar, ante el asombro de Mark y su mujer, dijo, con una cortesía que no imaginaban supiera expresar la niña en inglés:

—*May I have a cup of coffee, please?*

Desacostumbrado para ellos que una niña tomara café, pero la alegría de haber compartido una comida normal por primera vez y las advertencias de la sicóloga de la escuela respecto a las diferencias culturales, hizo que fuera complacida de inmediato.

Sosteniendo la taza de café en las manos salió al patio. Comenzó a beber despacio, colocando la taza en la base del tronco de un árbol cortado que le sirvió de mesa y comenzó a armar, con esmero y paciencia, utilizando casi todas las horas de sol en la difícil tarea para la que no poseía experiencia alguna, un gran muñeco de nieve. Desde la ventana de la sala Diane y Mark observaban la minuciosidad que ponía Ana en la fabricación de la ancha nariz, y casi al caer el sol terminó unos labios gruesos entre los cuales colocó el tabaco que se había hecho comprar. Asombrado, el matrimonio contempló el final del proceso. Ana escribió en un pedazo de cartón que colgó del cuello del muñeco: DOMITILA. Acercó sus labios a las mejillas blancas y las besó. Murmuró algo y entró en la casa con la nariz roja y las manos entumecidas.

Contrario a todos los temores, a Ana no le dio catarro durante aquel invierno de largas horas tempraneras, en las que sentada en el tronco del patio, frente a la Domitilia construida con sus manos, bebía café y sostenía conversaciones que sólo ella y la vieja de nieve comprendían. Desde su llegada en octubre, y ya era finales de diciembre, no había hablado español. A nadie había contado sus pesadillas ni su desolación. A Domitila le contó todo. Le preguntó todo: ¿Por qué la habían mandado para este lugar, por qué sin decírselo, por qué sin que ella lo supiera, por qué la engañaron? Más nunca iba a querer a sus padres, más nunca a su abuela. A ella sí porque ella tampoco sabía. Lloraba y se secaba las lágrimas veloz para no darles tiempo a que se les congelaran sobre la cara y los mocos eran aún más difíciles de controlar tan pronto comenzaba sus lamentos.

Domitila, siempre con su tabaco interminable entre los labios, porque Ana lo llevaba para la casa al anochecer y se lo devolvía en la mañana, "Ella nunca fuma de noche", era su confidente, como lo fue en La Habana. Comenzó la niña a comer con regularidad y a hablar un poquito con Diane y Mark. Dejó de pasar horas frente a la mocha colgada en la pared de su cuarto.

Una noche de muchas estrellas, mientras caminaba del patio hacia la casa recordó la varita mágica que había pedido a los Reyes Magos años atrás y su afán porque aquel palito rosado con una estrella verde en la punta que su mamá le dejó debajo de la cama le trajera un hermano, le trajera una amiguita. Miró a su Domitila fría que le entibiaba el corazón cada mañana y de repente una alegría grande la hizo respirar hondo y rápido cuando algo le dijo ¿Alguien? que ella no necesitaba varitas ni invocaciones para crear personas, animales, hasta diosas si se lo proponía. Sólo necesitaba sus manos y madera, sus manos y rocas, sus manos y nieve. Ya era maga. Y entró en la casa convencida, con la certeza absoluta de que sólo es capaz una niña de diez años, de que su Domitila callada y ella se comunicaban.

Ana retocaba todas las mañanas su muñeca, que el frío intenso de aquel invierno ayudó a conservar derechita. Era tan bueno el trabajo que los vecinos visitaban sólo para verlo y hubo quien recomendó a Diane y Mark que si Ana permanecía en la ciudad hasta el próximo curso escolar la matricularan en unas clases de escultura.

A principios de abril el deshielo era inminente y una mañana, al salir Ana con el café, antes de sentarse en su asiento de tronco de árbol se dio cuenta de que la cabeza ladeada de Domitila indicaba que comenzaba a derretirse. El que se enfrió entonces fue el corazón de ella. El sol brillaba y lo odió durante el camino completo a la escuela. Acongojada regresó y no hubo forma de que la hicieran comer. Se sentó frente a su escultura, a ver cómo se le deshacían, gota a gota, los ojos, la nariz, los labios, cómo se deformaban los hombros y se fundían los brazos con el delantal. Pasada la medianoche la rindió el sueño, sentada en el tronco sobre el que descansaba su taza de café por las mañanas. Diane y Mark, impotentes para sacarla de su angustia, esperaron a que se durmiera, mirándola desde la ventana, la cargaron y la pusieron en su cama.

Al amanecer del día siguiente, 17 de abril, de Domitila quedaba sólo la parte de abajo de la saya. Ana no fue a la escuela, carecía de fuerzas para ponerse de pie. Alrededor del mediodía se recibió una llamada de Miami. Los padres de la niña habían llegado de Cuba. Diane y Mark la llevaron, los dos, a reunirse con ellos. Ana concluyó de aquella experiencia que la había hecho más independiente, más dura para enfrentar la vida, que la había hecho encontrar su vocación de escultora y que le había robado la niñez.

Ana y los toronjiles

Como la primera muñeca de la tía Clemencia, deshecha por quien siempre fue para ella el vecino cruel, aunque le prohibieran llamarlo de ese modo. ¿Qué más le daba si era hijo de la amiga más íntima de su mamá y que ambas casas compartieran la cerca de marpacíficos moñudos y que hasta fueran a la misma escuela? Desde el día en que asesinó a Serafín supo que de él podía llegarle lo peor.

Como de costumbre, nadie entendía sus razones. Domitila sí, pero quién le hacía caso a Domitila en la casa, salvo en lo referente a la comida. No le hicieron caso ni la única vez que intervino en una conversación de la familia, aún tratándose de Ana y sabiendo que la cocinera era la única persona con quien la niña sostenía una conversación.

Dejó el fregado, y secándose las manos despacio en el delantal, masculló con voz entrecortada y ronca, como quien reza o maldice, recostada al marco de la puerta que dividía el comedor de la sala, donde estaba reunidos:

—Están locos si piensan mandar a Ana sola y engañada,

para Miami. Tienen que estar todos locos.

La miraron sin responder, ni siquiera sorprendidos. Para ellos Domitila era una presencia taciturna de cuyas manos salían manjares. Esas eran importantes, las manos, sobre todo su pulcritud y que no padeciera enfermedades contagiosas. El resto… la atracción de Ana por ella los hacía figurársela de mente bastante infantil. Si no ¿cómo explicarse aquel delirio de la niña por una negra gorda a la que le faltaban casi todos los dientes?

El padre, la madre, la tía Ernestina y la abuela Teresa, los participantes del aquelarre, como bautizó Ana años más tarde, cuando supo, a aquella reunión de planificación de su destino, intercambiaron una mirada de condescendencia al volver Domitila a la cocina, moviendo la cabeza de un lado a otro en gesto de desaprobación. Teresa se encogió de hombros antes de proseguir la conversación.

A otra sirvienta la intromisión le hubiera costado el puesto, no a Domitila. Además de sus platos, ninguno de ellos era capaz de calmar una perreta de Ana con la prontitud de la vieja. Prosiguieron elaborando la estrategia para embarcar a la niña ignorante de que era un viaje por tiempo indefinido.

—En lo que se arreglan las cosas, fue el consenso general.

Cómo no esperar lo peor de quien fue capaz de congelar en el refrigerador de su casa, adobada con sal y limón por él mismo, la trucha que había criado, para la que había hecho a sus padres construir un estanque en el patio. Cómo era posible que se le hubiera ocurrido vengarse abriendo, la cabeza desafiante en alto, la puerta del congelador y señalársela con el índice, lista para la sartén, tan pronto regresaron de ver a Manuel, ingresado una vez más a causa de su antigua dolencia renal. El hospital no permitía visitas de menores y Tony, apegadísimo al tío solterón, dio un escándalo monumental al ser dejado en casa.

—Manuel era la única persona en el universo capaz de soportar sus idioteces, dijo Ana meses más tarde, al morir el tío.

—Lengua viperina tiene esta chiquita, afirmó la tía Ernestina al escuchar el comentario.

—Frita se la comió. Hasta los ojos masticó de un pececito al que le había puesto nombre y todo.

No entendió nunca Ana, entre todo lo que no entendía, cómo los adultos de ambos lados de la cerca consideraron el crimen travesura de muchachos. Peor aún, Ana oyó a la mamá de él comentar con la suya, hablando al compás del vaivén del sillón en que se mecía una tarde en el portal, el alivio que representaba no tener más a aquel bicho en el patio. Así llamó a Serafín. Bicho. Vaciaron el estanque al otro día del hartazgo — que gordo estaba el pez para ser comido por una sola persona, aún si era adulta— lo llenaron de tierra y sembraron allí una docena de *no me olvides*, sin darse cuenta de que el haber escogido aquellas flores, impensadamente, era una venganza póstuma de Serafín. De esa manera lo interpretó Ana y Domitila sancionó la deducción por lógica, sentadas a la mesa de la cocina, tomando café a la mañana siguiente de haber cambiado su propósito al espacio que fue hogar de la trucha. Cómo no negarse a jugar con aquel niño.

Incrédula, aturdida por la visión, contempló la muñeca desmembrada caer, lanzada desde el balcón del primer piso por Tony, quien en un ataque de furia ante su negativa de servirle de compañera en una partida de monopolio, juego en el que invariablemente le hacía trampas, la arrancó de sus manos, corrió escaleras arriba y endemoniado como estaba — palabras de Ana— rugiendo de ira casi desprendió los brazos y las piernas, cosidas con puntadas apretadas al cuerpo por la tía Clemencia, y la lanzó con tal saña que al quedar boca arriba en el portal de la casa del Vedado, lo primero que vio la niña, partidos en dos por el despiadado golpe contra el piso de losas blancas y negras, fueron los ojos, sus preferidos entre los de todas las muñecas que le hizo Clemencia por ser los únicos de botones de vidrio negro que encontró en la caja del letrero bordado en la tapa. Los había de pasta, los había de madera, y de diferentes colores. Ella los quería negros y escogió los de vidrio.

Despacio, poniendo enorme cuidado en cada gesto, levantó la muñeca del piso, luchando por mantener unidos al tronco lo que habían sido brazos y piernas, colgajos de trapo ahora, que desprendidos dejaban al descubierto el relleno de retazos. Al intentar poner derechos los dos pedazos en que había quedado dividido cada ojo, saltaron al piso y sobre la cara hubo sólo las dos puntadas de hilo que sostuvieron los botones en su lugar.

¡Cuánto mal puede hacer un niño cruel! Sentenció Domitila al recoger a Ana, ovillo mocoso y gimiente sobre las losas blancas y negras del portal, y llevarla para la cocina cargando el montón de tripas verdes, azules y violeta.

—La compondremos, ya verás, yo sé hacerlo.

Y a esta mujer rota que yacía sobre un techo de Manhattan ahora, ¿Quién vendría a componerla, a unir al cuerpo los maltrechos colgajos que fueron hasta hacía un rato brazos y piernas humanas? ¿Quién a colocar en su lugar en las cuencas, los ojos saltados en la brutal caída desde el piso treinticuatro?

Domitila había muerto más de diez años atrás y ni siquiera pudo hallar su tumba cuando regresó a Cuba, por habérsela llevado a enterrar en el mal cuidado cementerio del pueblo de Pinar del Río en que nació. Al atardecer, sin fuerzas ya de caminar entre lápidas polvorientas, exhausta de apartar malezas para leer las inscripciones, dejó las flores compradas en la mañana sobre la tumba más cercana a la entrada del cementerio, y las dedicó a todas las negras viejas que descansaban, en el sentido más literal de la palabra, allí.

Su madre, aunque viva aún, sería incapaz de enfrentar aquellos despojos ensangrentados que era ella ahora. Nunca tuvo su madre fuerza para consolarla, demasiado necesitada de apoyo y consuelo ella misma, cuando se lo pidió con palabras. ¿Cómo iba a hacerlo ahora? ¡Que no la viera así! Y sintió estallarle adentro una pena honda, como no la había sentido nunca en vida por su madre, al imaginar su dolor cuando supiera.

¿Supiera, qué? Ella no podía haber muerto, aún no le tocaba. Eran sólo treintisiete años. Mal muerta estaba si esta caída iba a impedirle su pronto regreso a Italia, concluir su trabajo allá, si iba a interrumpirle el brunch con Jayne y Mel en el restaurante mexicano en que la esperaban al mediodía de este domingo ocho de septiembre que empezaba a amanecer. No podía haber muerto el día de la Caridad del Cobre, imposible. Sin terminar los arreglos de su apartamento de la Sexta Avenida, dejando el piso sin pulir, el techo sin pintar, sin haber abierto o cerrado una sola vez la puerta del baño con el hermoso pomo de cristal que le compró ayer.

Su obra. Nada aún en el Museo de Arte Moderno, ni una pieza en el Gugenheim. "No voy a vivir tranquila—se repetía a sí misma con persistencia de antífona al despertar en las mañanas y antes de quedar dormida en las noches,— hasta que mi obra esté en los grandes museos".

Carente de forma para contenerle el dolor, su sufrimiento no tenía límites en la intensidad. En vida, a un desgarramiento del alma como este, el cuerpo hubiera respondido con un dolor de cabeza, con úlceras en el estómago, con presión alta. En vida la desolación tenía órganos donde afincarse. Ahora sufría solamente.

Entrar en la deshecha quería, recoger sus vísceras desparramadas por las losas, colocárselas a sí misma en el lugar que le había sido asignado a cada una cuando su madre la concibió, coserse las heridas. Armarse, incorporarse, ponerse en pie y darse aliento. Aliento de vida no podía dárselo a ella misma. Su turno había terminado.

El dolor cesó.

Comenzaban a llegar carros de policía a la puerta del Deli en cuyo techo se encontraban los despojos. Ambulancias. Una, dos tres, cuatro. ¿Para qué tantas, si era tan pequeña? ¿Para que ninguna, si ya sobraba?

Se acercaron al cuerpo, comenzaron a examinar su espacio inmediato, a hacer preguntas, a tomar notas. Mucha gente la rodeaba. Al acercarse, los más volvían la cara, incapaces de soportar la visión. A ella no la amedrentaba. El sol recién salido hacía brillar la sangre esparcida. La contempló con calma por primera vez, con percepción de artista cautivada por la apariencia de aquella figura asimétrica que resplandecía cubierta de un rojo brillante. Era tan semejante a sus esculturas.

Y recordó un sueño de hacía años.

Estaba en un país con sol y calor, en la cima de una montaña. Había una canal como las de los parques de diversiones que descendía desde donde se encontraba hasta una playa cuya arena y agua ella veía mientras sujetaba las barandas de la canal, lista para rodar por ella. Pero la inclinación de la pendiente, casi perpendicular, la detenía. Había gente detrás, esperando su turno para tirarse y la única manera de que lo hicieran era que ella se lanzara. Tenía mucho miedo, pero el lanzamiento era inevitable. Si su rigidez la hacía inclinar el cuerpo, aun de manera ligera, hacia adelante, su propio peso la haría voltearse y rodar canal abajo de cabeza. Si se recostaba a la canal con placidez, dejándose ir, todo estaría bien. Cerró los ojos y se lanzó. El veloz descenso le produjo una calma y un placer que nunca pudo describir con palabras al despertarse. Al llegar a la playa la brisa era suave, la arena fina y el agua del mar en que se sumergió, fresca.

Ahora la calma era absoluta, tan absoluta como intenso fue el sufrimiento antes. Oyó la voz de la abuela Teresa en su mención perenne de los siete pecados capitales. Nunca le prestó atención, pero en estas circunstancias y puesto que oía su voz con claridad, se prestó al examen de conciencia. Examen de conciencia. Quién le hubiera dicho.

Avariciosa no había sido. Tuvo poco y no le fue difícil compartirlo. Le dolía el desperdicio. Recordó las botas de piel carmelita que le quedaron grandes y encontraron dueña en una reunión del Círculo de Cultura Cubana. A Iraida le sirvieron. La pereza tampoco fue defecto suyo. Desde niña trabajó ¿qué nombre podría dar a aquel despliegue de energía en su intento de hacer magia y a sus largas horas de soñar despierta bajo la mata de mango del patio, o metida entre sus ramas, sino trabajo? ¿Y quién acusaría de golosa a quien nunca pasó de noventa libras y fue vegetariana por naturaleza? La enorme cantidad de frijoles negros y los flanes que hizo en su vida tuvieron el objetivo invariable de que los cubanos con los que se reunía la quisieran más. Amantes tuvo pocos, su amor, desbordado, y desgraciada fue con todos. Por apasionada podrían juzgarla, por lujuriosa no.

Orgullo, envidia e ira quedaron para el final en el recuento. Más que orgullosa, centrada en sí misma había actuado en no pocas ocasiones. Envidia debía admitir que sí, aunque el Catecismo Holandés dijera que era, sin duda "el más feo de todos los pecados y el más sórdido". ¿Pero cómo no haber envidiado a sus amiguitas al darle la noticia de que habían tenido un hermano nuevo, si a ella no le tocó ninguno? ¿O aquellas niñas que siempre parecían contentas cuando ella llegaba a la escuela entristecida, pensando en que una vez más su mamá había llegado a desayunar con ojeras? Claro que había envidiado a quienes no sabían lo que era amanecer en la cama de una habitación desconocida a los diez años sin saber cómo habías llegado allí y que vinieran a decirte buenos días en una lengua en la que ningún sonido te decía nada. Envidió a aquellos artistas a quienes nunca les dijeron que su arte era de minorías. ¿Podía considerarse aquella amalgama de acideces, que la habían lastimado a ella más que a nadie, envidia?

De verdad verdad, el único de los pecados capitales que desde el fondo del recuerdo de lo que fue su corazón humano hubiera querido sentir con menos fuerza si le tocara vivir de nuevo era la ira. Cuánta ira le había llagado el alma. Cuántas cabezas hubiera querido cercenar en los primeros meses de su estancia involuntaria en Iowa, con aquella mochita de cortar caña que su padre le compró en un ingenio de Matanzas, para complacer su capricho de niña consentida.

Y mientras se hacía más y más ligera, concluyó que puesta en iguales circunstancias sentiría y actuaría de la misma manera de nuevo. Esperaba que quien estuviera encargado de juzgarla comprendería que no sólo era finita, sino frágil y quebrada. Y la aceptación absoluta de su falta de poder para haber cambiado las situaciones externas a ella, causantes de su ira la mayoría de las veces, le trajo un hondo consuelo.

Abajo, los hombres vestidos de blanco levantaron el cuerpo desmembrado, los brazos y las piernas casi sueltos del tronco, por donde asomaba el relleno de vísceras, lo taparon con una sábana blanca y lo colocaron en una camilla.

Idas las ambulancias y las losas del techo grises de nuevo, sin rastro ya de la sangre relumbrante, una mujer entró al Deli en busca de un sandwich y Ana desde su altura calculó que viviría sola y no le importaba tener de cena lo que la mayoría de los newyorkinos tienen para almuerzo. Observó los canteros sembrados de plantas que descansaban sobre el piso del balcón de donde había caído. Nunca antes vio los insectos que veía ahora comiéndose las flores. Debió haber protegido las flores de ellos. Debió haber protegido…los insectos…el insecto…las flores…

Se expandía sin límites, las palabras se diluían y los recuerdos comenzaban a difuminarse. Una película japonesa decía que al morir cada cual tiene el privilegio de optar por un recuerdo. Uno solo, en el que ha de existir para la eternidad. De ser cierto, no quería recordar, no, la tarde en que vio a su padre en el cuarto de Zuleica, ni la cara llorosa de su mamá que enturbió sus desayunos de niña, ni los ladridos de la perrita pekinesa de la tía Ernestina en las mañanas, que espantaban los pájaros del patio, ni la voz del señor que la esperó a su llegada a Miami y que pronunciaba Rusia con la "r" de pero, ni en su muñeca destrozada por el niño cruel, ni en la ira de su última noche, ni en los insectos que habitaban el balcón de donde cayó. No quería recordar nada de eso.

Le quedaba poco tiempo y estaba en juego su eternidad. Sería bueno permanecer en la tarde de la primera muñeca de la tía Clemencia o en el momento de su primer milagro, cuando la estrella fugaz revirtió su tránsito para obedecer a la pequeña maga, o en el día que Domitila le contó del vuelo a Africa de su abuela difunta o en la mañana de Iowa en que construyó su muñeca de nieve con quien hablaba en español y de la que aprendió que la magia estaba en sus propias manos o en la contemplación de una de sus siluetas, las fijas en tierra, las que flotaron, sus siluetas de llamas, sus diosas de Escaleras de Jaruco. ¿Alguien las visitaría cuando pasara el tiempo?

¿Recordarían los visitantes, al contemplar aquellas sólidas taínas, a la mujer que las hizo? ¿Les contaría alguien de su amor al hacerlas, de su felicidad de saber, al terminarlas, que su huella quedaría para siempre en Cuba? Cuba.

Ana se sintió habitada por una lucidez desconocida. Liviana, alerta, pero segura de que en pocos instantes, en su nuevo estado no cabría la memoria. La memoria quedaba encerrada en la que habían de trasladar a un cementerio del Medio Oeste de los Estados Unidos. Y sintió un enorme descanso ante la certeza de que en su nueva morada existiría sólo un recuerdo y de seguro no sería el de su entierro.

Oscurecía. Con el último rayo de sol también se iba ella y no había escogido. Miró una vez más para abajo. Manhattan ya no estaba. Era la ventana del cuarto en que durmió la primera noche de la visita de la tía Clemencia. Era la noche en que encontró la luna y las macetas florecidas, que hoy veía más florecidas que entonces. Y con la intensidad que sólo habita en lo eterno la envolvió el olor de los toronjiles. Y se fue.

Como en la cárcel

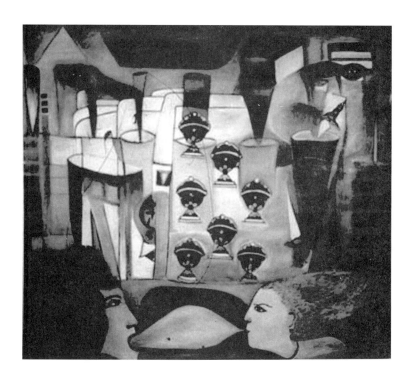

Como en la cárcel

¿Qué sabor tendrán los besos?
¿Qué territorios descubrirán las caricias?
¿Qué horizontes quedarán al descubierto
a la hora del amor?

Margarita Drago

Si no me hubieran encarcelado pronto me quedo sin pelo. En los meses previos a mi detención, fija la imagen ante mí aún antes de abrir los ojos, amanecía buscando el mechón que durante la noche había dejado sobre la almohada, con frecuencia suficiente para asolarme la idea de una inmediata calvicie.

Vinieron de día, pero yo los esperaba de noche, por eso me acurrucaba a mi madre en la cama, buscando un calor que rehusé con insistencia pertinaz desde pequeña, huyendo de su excesiva protección. Acurrucada, sin atreverme a pedirlo, rogaba dentro de mí que me acariciara. Ella, cuyas caricias rechacé por desmedidas, cuyas quejas y lamentos atormentaron mi infancia. Hubiera suplicado, de no haber sido aún más fuerte que el miedo la vergüenza de mostrar un sentimiento que hasta aquel momento, en que ya tenía veinticinco años dije y pensé no albergar, que me arrullara entre sus senos tibios, que me llamara su pichona, sí, que me nombrara con aquella ridícula expresión que tantas veces le dije no usar para llamarme y que invariablemente salía de sus labios al encontrarnos en la casa, tras cada regreso del hospital donde había estado, cuando sus quejas y lamentos hacían temer a mi padre un intento de suicidio. O tal vez ni era eso, tal vez era él quien sentía resquebrajarse su resistencia para soportar la enfermedad de ella, y yo agradecía la decisión paterna, el silencio, la paz temporal del hogar. De pequeña sin saber que lo agradecía, más tarde sabiéndolo, aunque el sentimiento me hiciera sentir culpable.

Los nervios, son los nervios, decía el médico a quien acudí

por la caída del pelo. El miedo, me decía yo, y al dejar la consulta regresaba a casa pensando, y asistía a clases pensando, y comía pensando, y lo poco que dormía lo dormía pensando que mi única alternativa era aprender a sobrellevar el miedo. No dejaría de repartir volantes en la universidad, no dejaría de entregar la literatura clandestina que me asignaba el sindicato, no dejaría de redactar las llamadas a huelgas y piquetes. No dejaría, no podía dejar. Más miedo que la certeza de que vendrían a buscarme sentía al pensar en dejar de hacer lo que consideraba mi deber revolucionario. Ellos podrían matarme, pero en aquel momento de los miedos, estaba viva. Con un susto de muerte, pero viva. Claudicar, dejar de hacer lo que consideraba mi deber, sería la muerte inmediata, el no poder mirar mi cara jamás en un espejo, era dejar de ser en el mismo instante de la traición, no importaba cuántos años más estuviera mi cuerpo caminando las calles y hasta mi boca sonriendo. Yo ya no sería y ahora, muerta del miedo y casi pelona, yo era.

Vinieron a buscarme de día, una mañana cuando aún me estremecía el susto del despertar buscando el mechón de pelo sobre la almohada. Era verano, dispuesta a salir para la universidad, llevaba un vestido de mangas cortas y unas sandalias de tacón ancho de pulgada y media. Sobre aquella pulgada y media de tacón pasé siete años. Con aquellas sandalias entré y salí de la cárcel.

Aparte de la muerte, el miedo mayor en mis terrores nocturnos y diurnos, previos a la presencia de los militares en la puerta de mi casa, era la falta de libertad para caminar las calles con aceras sembradas de naranjos de la capital provinciana en que crecí, y el calor que sentiría encerrada en una pequeña celda sin o con una diminuta ventana enrejada. No soporto el calor.

Resistí. Golpes, vejaciones verbales y físicas, semanas encerrada en una celda solitaria, donde me entregaban un colchón por la noche y se lo llevaban a las seis de la mañana, donde pasaba el día tendida sobre una plancha de hierro, tratando de no perder la noción de los días, para darme cuenta después de que era imposible calcular las salidas y puestas de sol, que era incapaz de decir el mes, el día, o la hora en que estaba.

El afán por despertar viva cada mañana me hizo olvidar mi necesidad de caminar las calles y la mayor parte del tiempo sentía un frío independiente del clima. Un frío interno que no cesaba y que aumentaba ante la presencia de la celadora, sobre todo en los primeros meses de prisión y con el recuerdo de los lamentos y las exigencias de mi madre. Entonces me decía que yo estaba presa, encerrada en una cárcel y que hasta allí ella no podía seguirme.

Era un frío que menguaba durante las conversaciones con las otras mujeres de la celda y durante los círculos de estudio clandestinos que sosteníamos. Un frío que casi desaparecía cuando lográbamos darnos un trago, en los días de fiesta, del licor que preparábamos con la compota de manzana traída por nuestros familiares en las visitas en las que les permitían entregarnos alguna golosina mezclada con las medicinas que solicitábamos y el algodón para la menstruación. El olor y sabor de la manzana burdamente fermentada era asqueroso, pero después de ingerirlo haciendo muecas y sin respirar, la sensación de ligereza que nos daba en la cabeza y la risa que lográbamos sacar de los cuentos de nuestro infortunio, eran formidables.

Siempre fui presumida, todavía lo soy, es una cualidad que recuperé tan pronto estuve en libertad de nuevo. Al caer prisionera me dieron un uniforme azul de pantalones de grueso e implanchable algodón, con elástico en la cintura y camisa azul con cuello de V y mangas largas. El mismo modelo y color para invierno y verano, en los meses fríos de franela. El cuidado cabello corto con el que entré fue creciendo sin forma hasta alcanzar el largo apropiado para atármelo detrás de la cabeza con una cinta elástica. El maquillaje no existía y sólo nos coloreábamos labios y mejillas, acudiendo a nuestra inventiva, para recibir visitas. A duras penas lográbamos mantener los dientes limpios y un mínimo aseo personal. Para mi propia sorpresa, estando en solitaria una vez caí en la cuenta del alivio y la sensación de libertad interna que me daba el carecer de la posibilidad de maquillarme. No teníamos espejo, luego la única imagen que percibíamos de nuestras caras, era el reflejo que veíamos en los ojos de las otras. Cuatro en una celda diminuta que (in)satisfacía nuestras más perentorias necesidades. Allí dormíamos, defecábamos, cuando teníamos algo especial que cocinar lo cocinábamos en una pequeña hornilla, colocada en un rincón junto al hoyo de la letrina

Tan pronto caí presa dejó de caérseme el pelo. Al cabo de un tiempo, tendida boca arriba en mi cama de hierro, un mediodía después de haber devorado el caldo que nos daban de almuerzo y de haber tenido una larga reflexión filosófica dirigida por Damiana, como siempre, sobre en qué consistía el ser verdaderamente revolucionario, decidimos tomarnos una siesta. Todo había sido con calma, la ingestión del mantecoso caldo, la conversación de sobre mesa, la siesta sin tiempo límite que nos estábamos tomando. Podíamos dormir veinte minutos, treinta, una hora. Qué más daba. Y me di cuenta de que entre tantas pérdidas y limitaciones, tenía algo de lo que carecía antes de entrar allí, siempre enfrascada en proyectos y luchando por alcanzar ciertas metas. Tenía tiempo. Tiempo. No sé si ése es nombre preciso para aquellas mañana tras mañana de días ajenos al calendario, días cuya única marca eran nuestras charlas, días que fueron creando una intimidad desconocida antes, que no había tenido con nadie, ni familiares, ni novios, ni amigas, en parte porque nunca hubo tiempo para construirla. Esta de ahora era una situación límite en la que nada dejábamos de decirnos unas a las otras, porque ese tiempo absoluto de que disfrutábamos podía ser el último, podíamos no estar vivas la próxima mañana, y de esto se nos había desarrollado una conciencia en carne viva. No todas las charlas eran placenteras, discutíamos nuestros puntos débiles, las flaquezas, los fracasos en amores, llorábamos a maridos muertos mientras eran torturados, pero al oscurecer estábamos sentadas en el piso fundidas en un abrazo. Eso teníamos siempre, los abrazos.

De las cuatro, Damiana era la más sabia, la del consejo preciso y la crítica certera ante defectos que no siempre queríamos reconocer, que dolía aceptar. Nos admiraba su capacidad para sostener y sostenernos la esperanza, su certeza de que se reuniría con el marido exilado. No siempre estábamos las cuatro en la celda, frecuentemente una, a veces dos, tres, a veces las cuatro, estábamos en solitaria. Hubo ocasiones en que la celda quedó deshabitada durante semanas. Entre María Clara y yo había una comunión especial y cuando nos tocaba estar solas, nuestras conversaciones eran aún más íntimas. Sentadas en la cama de hierro, nos contábamos las historias que considerábamos demasiado pequeñas para ser compartidas con las otras, chistes, tonterías a veces, que tenían el solo propósito de escuchar el sonido de la voz en aquel espacio de desolación. Y jugábamos a soñar y enumerábamos listas de deseos que cumpliríamos cuando estuviéramos en libertad. Soñábamos con sentir el amor de nuevo, con la piel de un hombre junto a la nuestra. Y nos abrazábamos y nos acariciábamos, ¿y dónde está el límite entre la caricia lícita y la prohibida? En aquel espacio de contornos desfigurados y sin tiempo, era difícil precisarlo. ¿Cuál es la diferencia entre acariciar un brazo y deslizar la mano hacia esa parte en que el pecho es más suave y abultado? ¿Y cómo evitar la dureza del pezón ante el roce y el frío como de menta que te recorre el vientre? Así pasó, y después de la primera vez, al mirar a María Clara, el reflejo de mí que vi en sus ojos era diferente, más nítido, y me gustó mi rostro sin maquillaje y los labios besados que divisaba en sus pupilas. Y nos amamos con una intensidad que sólo me explico por las circunstancias. Sabíamos que la consigna entre las presas políticas era mantener una moral intachable, y uno de los peores actos de inmoralidad era el amor entre dos mujeres. Pero éramos felices, así, felices, en aquella despreocupación obligatoria de todo lo que no fuera nosotras. Sin embargo, callamos ante Damiana y Julia. Disimulamos nuestra relación.

La acusaron una mañana, durante la breve salida diaria al patio. Un grupo de compañeras del Partido, encarceladas dos pisos arriba del nuestro se acercó para notificar a Damiana que una de las mujeres de aquel piso había confesado tener una relación amorosa con ella. ¿Qué podía decir al respecto? Damiana las miró a los ojos. Es cierto, respondió. No podía serlo, pensamos las demás. Verdad que en los últimos tiempos Damiana había estado menos habladora, más reservada, como un aire de preocupación tenía. Cuando tratábamos de indagar nos respondía bajito, con aquel sentido de humor y sabiduría que la caracterizaba, con una canción: "¿Quién le dijo que yo era siempre risa nunca llanto, como si fuera la primavera? No soy tanto".

Feo el episodio. Sufrió el repudio de mujeres que eran sus hermanas, a quienes había defendido hasta parar en solitaria y sufrir situaciones que aún hoy me cuesta trabajo contar. La repudiaron. La otra fue perdonada por haber confesado. Más débil, menos segura de sí misma y de sus convicciones, de en qué consistía ser revolucionaria, no resistió la presión del grupo cuando sospecharon sus amores. No volvieron a verse, nos contó Damiana, y ella siguió queriéndolas a todas. No entienden, dijo, tal vez algún día la vida las haga cambiar.

Aquel proceso de espanto, porque esto produjo un revuelo de meses, me condujo a un examen de conciencia, a sentirme sucia, la peor de todas. Si a Damiana la habían tratado de aquella forma por unos amores que María Clara y yo nunca nos explicamos dónde se consumaban, ¿Qué oportunidad tuvieron de estar a solas? Se veían en el comedor, en el patio y después regresaban a sus respectivas celdas. No entendimos nunca y ahí sí la discreción de Damiana fue completa. ¿Qué pasaría de saberse lo nuestro? Tenían razón las otras, además. Actos irresponsables como estos eran los causantes de acusaciones de inmoralidad al movimiento. Dejé de dormir, dejé de acariciar a María Clara. Ni cuando estábamos solas. Evitaba sentarme demasiado junto a ella. Y confesé. Yo. Y hasta pensé que estaba salvándonos a las dos, que ella me lo agradecería al pasar el tiempo, por más que doliera ahora, que mi confesión nos purificaría a ambas, que el sacrificio de lo que yo consideraba nuestro amor culpable, nos haría dignas de participar en la construcción de ese mundo nuevo por el que ambas luchábamos. Y la juzgaron a ella y mi posición política fue rebajada, a pesar de haber confesado.

Continuó preparando mate por las mañanas, cuando lo teníamos, y pasándomelo para que yo bebiera, cuando quedábamos sentadas una al lado de la otra, pero no me habló más ni me permitió ver de nuevo mi cara en sus ojos. Salí de la cárcel unos meses después y supe que ella había quedado en libertad un año más tarde. No volví a verla.

Han pasado casi veinte años. Rehice mi vida, con mucho trabajo, pero lo logré. Me casé, los hijos son ya adolescentes y nunca he vuelto a sentirme atraída por una mujer. Fue una situación circunstancial, estoy convencida. Es más, no recordé el episodio hasta hace poco en que Sara, una amiga reciente, me dijo que era lesbiana y que estaba enamorada de fresco, como decía mi madre. Quiso que yo conociera a la muchacha y nos hemos reunido varias veces las tres para ir al cine o a desayunar porque vivimos cerca. Así fue cómo nos conocimos Sara y yo, caminando por el barrio. Me gusta verlas juntas, hacen una bonita pareja. Una cambia con los años y la inmigración. Por largo tiempo después de estar libre no concebía tener una amiga lesbiana. No es que me parezca mal lo que hacen los demás, cada cual tiene sus razones para vivir como vive, pero no sentía nada en común con la gente gay. Sin embargo, ahora me encanta estar con Sara y su amiga. Hasta un sueño tuve antenoche con ellas. Yo, que nunca recuerdo los sueños, me acuerdo de éste como si lo hubiera vivido. Estaban juntas y yo sentada junto a ellas, muy cerca las tres, conversando y tomando café. Me sentía tan bien, llena de un amor grande, difícil de describir porque no era el amor que siento en la vida real. Es imposible describirlo. De momento Sara me miró y vi mi cara reflejada en sus ojos, mi cara sin maquillaje, con el pelo largo y peinado hacia atrás. Y era una felicidad que yo no me explico. Fue soñar con el amor, no el amor a alguien, sino el amor. Tan pocas veces he sentido esa sensación de plenitud, de que el momento es perfecto, de que nada hace falta, que se me había olvidado que era capaz de sentirla. Es difícil de explicar. Era... era como en la cárcel.

El octavo pliegue

El octavo pliegue

Para Maite Díaz

Lucía levantó la vista, encontró los ojos de Ricky fijos en ella y supo que iba a acostarse con él. Así fue. La miraba mientras se acercaba acompañado de Verónica. Caminaron el trayecto desde la puerta del aula hasta el escritorio detrás del cual se encontraba de pie, organizando papeles al terminar una clase, y en los breves segundos en que atravesaron los metros que la separaban de ella, pensó en la mala suerte de que el futuro esposo de una estudiante suya la atrajera tanto a primera vista. No le gustaba ese tipo de juegos.

Ya frente a Lucía, Verónica sonrió mostrando sus dientes parejos y la separación entre los del frente. Como prometió en la clase pasada, dijo, había traído a Ricky para que lo conociera. El novio extendió la mano. "Mucho gusto," y al alargar la profesora la suya le pareció que él la había retenido dos o tres segundos más de los usuales para una presentación, inadvertidos por Verónica, quien entregó la invitación para la boda a la profesora. Preguntó ésta cómo iban los preparativos y conversaron sobre el próximo evento.

Ricky, de pie detrás de su novia, callado miraba a la maestra con una fijeza que hubiera podido resultar perturbadora, pero Lucía respondía con igual intensidad cuando sus ojos se cruzaban veloces durante la charla. Verónica hacía hincapié en cuántos deseos tenía de que la profesora lo conociera, le había hablado tanto de sus clases. A él le encantaba la música también, aunque no tocaba profesionalmente como ellas dos. Vendía seguros.

Lucía continuó colocando composiciones y tareas dentro del portafolio, cerró el zípper, se colgó la cartera del hombro, agarró con una mano el portafolio y cargó con la otra su violoncelo. Mientras los tres abandonaban el aula conversando, pensó que era el desenfado al caminar y el impudor de la mirada lo que le gustaba del hombre. Los movimientos del cuerpo emanaban una libertad lindante con un descaro exento de vulgaridad, que auguraba un excelente amante, pues la maestra tenía la convicción de que para hacer el amor de la manera que la satisfacía a ella hacía falta una cierta desfachatez esencial.

Ricky meditaba en el trayecto a la casa. Nunca le habían atraído las mujeres bajitas, menos si eran tan menudas como aquella señora. No medía más de cuatro pies once pulgadas y a todo dar pesaba cien libras, las teticas parecían limones, las observó bien, y tenía las nalgas demasiado bajas. La recordó mirándolo sin pestañear. Son los ojos, —se dijo— demasiado grandes para una cara tan chiquita, pero hay una fuerza en ellos que obliga a mirarlos. Los labios, que desmesuradamente se deslizaban hacia las comisuras al sonreír, alegrando la cara completa. Le llamaba la atención el contraste de las expresiones. Era un rostro serio serio o totalmente sonreído. El timbre de la voz, profundo como salido de la garganta de una mujer con un pie más de estatura.

De acuerdo a su inventario aquella mujer era un disparate, ninguna parte pegaba con la otra. Pero cómo le había gustado la maestrica. Sonrió en su interior y al doblar una esquina automáticamente, se dio cuenta de que había llegado al apartamento que compartía con Verónica desde dos años atrás.

Ya acostados, ella le preguntó cómo le había caído la profesora, no había hecho comentarios, él, tan hablador. Era cheverísima, nadie que la viera, tan sencilla y simpática pensaría que estaba frente a una fantástica chelista. Tocaba en la orquesta filarmónica y había dado la vuelta al mundo dando conciertos. Era una suerte que hubiera aceptado enseñar en la universidad, como maestra ponía un entusiasmo en las explicaciones, que asistir a su clase era tan divertido como ir a una reunión social, y eso que daba muchísmo trabajo.

—Ella es la única persona que ha logrado entusiasmarme para estudiar música. Tú sabes cómo soy yo de poco disciplinada. A pesar de ganarme la vida como cantante desde hace tantos años jamás me interesó estudiar música, pensaba que era un esfuerzo inútil ¿para qué? yo sé tocar guitarra desde que era chiquita, te conté cómo aprendí, jugando con los trovadores que visitaban mi casa allá en Barquisimeto. La primera vez tomé el curso por necesidad, pensando que me resultaría fácil y sacaría una A. Necesitaba subir el promedio.

La verdad fue que tuve que estudiar cantidad, pero al final, para mi propia sorpresa, quería saber más y matriculé otro. Y después éste que estoy terminando ahora. Es curioso que no te la haya presentado antes. A cada rato tomamos café juntas. Yo la considero una amiga.

Ricky tenía los ojos cerrados, pero al terminar Verónica las alabanzas preguntó si era casada y cuántos años tenía. Era difícil precisarlo. ¿Y por qué se había dedicado a un instrumento tan grande? Pesaba más que ella. Verónica sonrió.

—Es divorciada, tiene dos hijos teenagers, una hembra y un varón y más o menos la edad de nosotros, alrededor de cuarenta, tal vez un poco menos, no sé. Tú sabes que en esa universidad los maestros y la mayoría de los estudiantes tenemos la misma edad. Nueva York es así.

Camino de su apartamento, Lucía recordó la mirada de Ricky. Algo se le encendió y le causó gracia lo inesperado del alboroto interno.

En los próximos días demasiadas ocupaciones demandaron su tiempo y atención para entretener los pensamientos con aquel encuentro. No pensó más en él.

El martes siguiente, antes de comenzar la clase, Verónica se acercó a ella y la invitó a una reunión el sábado. Iría solamente un grupo de amistades íntimas. Iba a haber cena y ella y otros artistas amigos tocarían la guitarra y cantarían. Tal vez la maestra se embullaba y llevaba el chelo. Era una celebración de pre boda improvisada, por así decir, idea de último momento de Ricky y él mismo le había pedido incluir a Lucía.

Agradeció la invitación y explicó que haría un esfuerzo por asistir, no sabía si podría, tenía un compromiso previo. Trataría de cancelarlo, sabía lo importante que era para Verónica todo lo relacionado con su boda.

No existía tal compromiso. Ahora, a una semana de la efusiva presentación, recordaba el incidente como un desatino inofensivo y no quería exponerse a otra situación similar. Mejor era evitar.

Sin embargo, al llegar las seis de la tarde del sábado llenó la bañadera de agua tibia sobre lo caliente, como más le gustaba, se dio un largo baño, sacó del clóset el vestido rojo de escote redondo que no usaba hacía tiempo, se untó de *First*, su perfume favorito, y a las ocho de la noche estaba tocando el timbre del intercomunicador del apartamento de Queens donde vivían Verónica y Ricky. Mientras esperaba se dijo que tal vez el episodio había sido creado por su imaginación, y ella no le importaba un pito al hombre.

Abrió la puerta él mismo, sonriendo. En la mano derecha sostenía una copa de vino. Extendió la izquierda con la palma hacia arriba, solicitando la de Lucía, quien la colocó con suavidad. El la presionó y sin soltarla le celebró el vestido. Caminaron hacia la sala, donde conversaban con animación alrededor de veinte personas. No había sido obra de su imaginación la atracción del primer día, pensó la maestra. Aquello no tenía remedio.

Durante la cena comió unos bocados sin apetito. Después del postre, entre vino, cerveza y chistes, Verónica se sentó en el sofá de la sala y comenzó a acompañar con la guitarra viejas y nuevas canciones. Apagaron las luces del techo y encendieron unas de mesa, pequeñas, con bombillos de colores. Lucía se acomodó en la penumbra en un cojín sobre el piso, recostada al sofá. Verónica le preguntó por qué no había traído el chelo.

—Pesa demasiado, contestó.

El grupo coreaba las conocidas melodías, llevaba el ritmo con palmadas y el compás moviendo el cuerpo. *Mi mamá me dijo a mí, que cantara y que bailara, pero que no me metiera, en camisa de once varas*. Ricky y Lucía no. Sólo prestaban atención a las miradas mutuas, constantes y disimuladas.

Lucía se puso de pie, intranquila y mareada. No soportaba un minuto más estar sentada. Caminó de la sala al comedor y no habiendo más lugar adonde ir, con excepción del cuarto de dormir, en el que no iba a entrar, entró al baño. Al cerrar la puerta tras ella sintió un toque leve. La entreabrió y sin darle tiempo a preguntar qué pasaba, Ricky empujó, y una vez en el interior cerró. Lucía se recostó a la puerta cerrada, entre sorprendida y asustada. Frente a ella el novio de Verónica, con un aplomo difícil de entender en aquella situación, colocó despacio los brazos extendidos a los lados de su cabeza, apoyando las palmas de las manos contra la puerta y se inclinó hasta tener los ojos y la boca al nivel de los de ella. Se miraron con toda la fuerza que no habían sido capaces de desplegar en público. A Lucía se le fue la sorpresa y el susto y la mirada se le tornó suave, casi suplicante. El se acercó despacio y la besó en el cuello primero y después en la boca. Ella respondió sin pudor, sin control. Fue un choque frenético. Enlazados los brazos y las piernas, él trataba de bajar el escote del vestido rojo y ella de desabotonarle la camisa. En el pequeño espacio forcejeaban ambos por tomar la iniciativa en las caricias hasta que él la abrazó con vehemencia inmovilizándole los brazos a ambos lados del cuerpo y doblando las rodillas se deslizó hasta el suelo sin soltarla, apretado a ella, besándola por sobre el vestido que se iba estrujando con la presión de los labios y los dientes. Arrodillado en el piso, le subió el vestido y le bajó los panties. Lucía se dejaba hacer. Sujetándola por las caderas, desnuda de la cintura para abajo, la atrajo hacia su boca. Al sentir la lengua y los dientes jugando con su cuerpo se le aflojaron las piernas, no podía mantenerse en pie. Comenzaron a doblárseles las rodillas hasta quedar sentada en la cara de Ricky. Renuente a abandonar la tarea, pero forzado a respirar, aprisionado entre los muslos de la maestra, luchaba por mantener la boca en el lugar del deseo y a la vez levantar el cuerpo sosteniéndolo por debajo de las caderas, como levantando pesas, para separarlo siquiera una pulgada de su nariz.

Tocaron a la puerta con fuerza. Lucía colocó los panties en el lugar que estaban al entrar en el baño, se acomodó la saya, se limpió la cara, el mareo pasó y recobró las fuerzas, todo en un segundo. Miró a Ricky con terror. Pensaron ambos, por lo insistente del llamado, que a lo mejor no era la primera vez que tocaban y ellos no habían escuchado. Afuera, Verónica llamaba. Ricky susurró a Lucía, juntando su cara a la de ella, que dijera que lo estaba ayudando. Borracho, vomitando. Se lavó la cara, levantó la tapa del inodoro, lo descargó para aparentar que había vomitado ya, inclinó la cabeza y comenzó a fingir enormes arcadas. Lucía abrió. Frente a ella Verónica y dos invitados miraban con ojos espantados las convulsiones de Ricky, quien movía la parte superior del cuerpo hacia atrás y alante, balanceando la cabeza casi hasta meterla en la taza del inodoro. Lucía explicó, alteradísima, que al llegar al baño lo había encontrado en esas condiciones y él no quería molestar a nadie, por esa razón la puerta estaba cerrada, aun cuando ella le había insistido en que deberían pedir ayuda. Ricky casi aullaba, tan fuertes eran los sonidos que emitía su garganta y Lucía tenía los ojos desorbitados, aparentemente de desesperación ante el malestar repentino del amigo. Armaron un lío de tales proporciones que, si alguna duda quedó de lo sucedido en el baño, nadie tuvo ánimos para indagar, ni Verónica.

Lucía regresó a su apartamento exhausta y durmió ocho horas seguidas, inusitado en ella.

A partir de aquella noche, la primera vez tres días antes de la espléndida boda a la que asistieron más de ciento cincuenta personas, entre ellas la profesora de música, con intervalos nunca menores de una semana ni mayores de un mes, Ricky y Lucía se encontraron regularmente para pasar juntos cuatro o cinco horas de desenfreno contenido, de intenso placer continuado, mientras escuchaban la más variada música, siempre a cargo de Lucía. Así por nueve meses.

El la llamaba durante las giras artísticas de Verónica, quien viajaba con frecuencia. Se veían en el apartamento de Ricky, por la tarde, aunque alguna cita hubo en la noche temprana. Lucía no permanecía después de las diez. Le gustaba acostarse y levantarse temprano. Llegaba con un disco compacto o un cassette, uno solo que escuchaban por horas y que podía contener desde las últimas canciones de moda hasta las composiciones de la vieja trova, o música en inglés contemporánea, o la de los sesenta y setenta. También clásica. Ponía una pasión tan ensimismada y delirante al besar a los acordes del viejo bolero *Llanto de luna o del Nocturno No. 1* de Chopin que Ricky, finalizada aquella etapa de su vida, jamás pudo separar esas melodías de una apasionada nostalgia por la maestra.

Sólo después del baño de ritual juntos, donde abandonaban

humedad y olores contagiados en horas de abrazos, Lucía abría la botella de vino que ponía a enfriar en el refrigerador al entrar al apartamento y bebían despacio hasta vaciarla. No bebía mientras hacía el amor, decía preferir concentrarse en una cosa a la vez. Antes de marcharse, minuciosa guardaba la botella vacía, el corcho, y cualquier otra huella delatora de los encuentros, en la bolsa de cuero en que cargaba la música y el vino. Y se iba hasta la próxima vez que él la llamaba.

Una de aquellas tardes, a los tres o cuatro meses de haber estado saliendo, al comienzo de una tanda de amor él comentó que lo maravilloso de la relación con ella era lo fácil que era todo, lo abierto. No tenía necesidad de mentir, de declararse soltero o jurar que su mujer no lo comprendía. Ninguna de las mentiras inventadas para otras con quienes tenía affairs eran necesarias para Lucía. Era casi perfecta, una buena cama ¿dónde había aprendido todo aquello? y a la vez educada, delicada. El único defecto eran las teticas tan chiquitas, dijo riendo. Ella sonrió sin contestar y se acostó sobre él. Concentrada en su tarea amatoria con la dedicación usual, saboreó cada entrante y saliente del cuerpo del amante y ofreció solícita los suyos para deleite del otro.

Un jueves por la mañana Lucía tomaba café sentada en la cama con los ojos cerrados aún y sonó el teléfono. Verónica salía de viaje al día siguiente. El quería verla el mismo viernes por la noche, le hacía falta, pero como sabía que ella prefería las tardes, podían esperar hasta el sábado y tener todas las horas que quisieran. Hacía un mes que no se veían.

—Ricky, contestó Lucía, no vamos a vernos más de la forma que lo hemos hecho por los últimos meses. Eso terminó, estaba esperando a que llamaras para decírtelo. Estoy saliendo con un hombre con quien quiero establecer una relación seria y estamos trabajando en eso. El también lo quiere. No tiene pareja, no hay complicaciones, también tiene hijos adolescentes y estamos tratando de que la cosa funcione. Es músico como yo, compartimos muchos intereses, tenemos necesidades parecidas. Ya te lo presentaré.

Silencio por unos instantes.

—No comprendo cómo puedes estarme diciendo esto con esa tranquilidad. ¿Tú sabes cuántos meses hace que tú y yo nos estamos viendo? Es mucho tiempo, y ahora así como caído del cielo, te apareces con que no quieres verme más porque estás saliendo con alguien con quien quieres una relación seria.

—Yo no quiero pensar que estás celoso, Ricky. No quiero ni pensarlo porque es ridículo. Y mira, si no voy a bañarme ahora mismo llego al conservatorio tarde. Tengo ensayo temprano y me demoro más de una hora en estar lista. Si quieres podemos hablar en otro momento, pero realmente encuentro absurda tu reacción. Esta siempre ha sido una relación muy clara, sin compromiso por parte de ninguno de los dos. Bye, y cuídate.

Al regresar del conservatorio encontró un mensaje de Ricky en la máquina contestadora. La esperaba el sábado en el apartamento. Verónica no tendría otra salida de la ciudad hasta dentro de dos meses, no podían desperdiciar esta oportunidad. Lucía borró el mensaje después de escucharlo y fue a saludar a su hijo que hacía la tarea escolar.

Ricky llamó de nuevo a la mañana siguiente. No veía relación entre el nuevo compromiso de ella y lo que ellos compartían. El también tenía pareja. Ella mejor que nadie lo sabía.

—Yo prefiero hacerlo de esta manera, y respeto la tuya.

El insistió en verla, ella dio de nuevo sus razones para no hacerlo y de nuevo tuvo que colgar porque no podía estar en el teléfono por más tiempo.

El martes de la próxima semana, al terminar la clase, Lucía

se encontraba de pie detrás del escritorio, organizando composiciones y tareas y colocándolas en el portafolio para marcharse a casa, cuando Ricky entró en el aula. Tenía que hablar con ella personalmente, verle la cara, por eso había venido. No podía aceptar que no se vieran más.

Lucía continuó organizando papeles mientras hablaban.

—Soy monógama, dijo con voz calmada. Nunca he estado con dos personas a la vez. Si estoy con alguien en serio pongo toda mi energía en la relación. Creo que es la única manera de darle una oportunidad.

—¿Y cómo tú compaginas esa forma de pensar con haber estado saliendo conmigo, un hombre casado, todos estos meses?

—Tu matrimonio es tu asunto y tienes el derecho a manejarlo como estimes conveniente. Yo nunca interferí en tu relación con Verónica, nunca te llamé, ni una vez yo a ti, para salir. Siempre nos vimos cuando tú querías o podías y recuerda mi meticulosidad para no dejar rastros de nuestros encuentros en tu casa. ¿Crees que era casual? No lo era. Era respeto por los sentimientos de tu mujer. Nos atraíamos sexualmente, eso era todo. Aparentemente tú no tenías ningún conflicto entre esa atracción por mí y tu amor por Verónica.

—¿Y toda esa musiquita, el *Llanto de luna*, los *Nocturnos* de Chopin, el vino, todo eso no significaba nada para ti?

—Claro que significaba, los seres humanos somos animales de símbolos y cualquier cosa que hagamos vamos a hacerla de acuerdo a nuestra condición, hasta lamernos

—Entonces, ¿lo único que te interesaba de la relación era la cama?

Lucía dejó de trabajar, lo miró y respondió:

—Si tú prefieres ponerlo de esa forma, yo lo acepto.

—Tú lo que eres una puta, chica. Una puta, casi gritó Ricky. Eso es lo que yo creo. Y óyeme bien, donde quiera que me pare voy a decirlo cada vez que se mencione tu nombre.

Lucía, ya de pie, se irguió de modo que en aquel momento su estatura llegó casi a los cinco pies, lo miró a los ojos y dijo, con la voz profunda de siempre, pero espaciando las palabras y poniendo en ellas una resonancia jamás escuchada antes por Ricky:

—**Lo que tú creas o digas yo me lo paso por el octavo pliegue del culo.**

Ricky abrió los ojos y la boca a un tiempo. La miró atónito, esperando algo más, aguardando la corroboración de que aquella frase había salido de la boca de Lucía, preguntándose si en realidad había escuchado lo que oyó, pero ella continuó organizando los papeles que quedaban sobre el escritorio sin mirarlo, los metió en el portafolio, cerró el zípper y salió del aula cargando el violoncelo.

El caminó detrás de ella, se dirigió despacio al estacionamiento, buscó el carro, fue a recoger a Verónica al aeropuerto y jamás dijo nada a nadie.

Domingo a la misma hora

Domingo a la misma hora

Desprendió el cartílago del hueso con brusquedad inusual en ella y masticó. Masticó escuchando atenta el ritmo de sus mandíbulas al choque de los dientes con cada mordida. Cartílagos. No recordaba haberlos comido antes. Está atardeciendo. Ya es casi noche, se dijo mientras miraba a través de la ventana frente a ella.

Imaginó el sol que caía al otro lado de los edificios interpuestos entre su vista y el horizonte. La noche está cayendo —se repitió a sí misma. Siempre pasa a esta hora temprana en el mes de febrero.

Masticaba.

—¿Qué pasará...?

El recuerdo de la frase llegó sin avisar, y la resonancia de su voz de entonces fue tan clara como el sonido de las mandíbulas que trituraban la punta del hueso ahora.

Era temprano, para atardecer y para cenar. No cenaba a las cuatro y media de la tarde, nunca cenaba a las cuatro y media. Hoy sí. Se encogió de hombros. Qué más daba, hoy cenaba a las cuatro y media. No era nunca que no cenaba temprano, era casi nunca. Así debía decir en lo adelante. Casi nunca ceno temprano.

Masticaba.

—¿Qué pasará cuando sea domingo...?

Desprendió un ala del pollo y la mordió desatenta, el movimiento de las mandíbulas más acompasado ahora.

La vecina de enfrente recogía, de la tendedera amarrada de su balcón de incendio, los *blue jeans* tendidos al amanecer. Le gustaba a la vecina tender en el balcón de incendio. Bueno, debía gustarle, lo hacía todas las semanas. No es que le gustara, es que si no lo hacía allí ¿Dónde iba a hacerlo? ¿Por qué no secaría los pantalones en la secadora? Seguro para que no se le encogieran al panzón del marido. Balcón de incendio. Así no se dice. Y que balcón de incendio. Nadie dice eso. Escalera de incendio, pero como la vecina... necesitaba su nombre, pensar en ella como la vecina de enfrente no le gustaba para nada. Escalera de incendio suena mejor.

Casi no se distingue ya la acera de enfrente.

—¿Qué pasará cuando sea domingo al oscurecer ...?

El sonido del cartílago entre las muelas, ahora el cartílago del segundo muslo, que arrancó con las manos del resto del pollo.

La vecina entra con los *blue jeans* doblados sobre el brazo. Gordita como es, se esfuerza por no lastimarse al entrar por la ventana a la habitación en que duerme, una pierna primero, la otra después. Sí, allí duerme aunque nunca la haya visto acostada, porque ve la cama durante el día, sólo durante el día. Es curioso el cuidado que pone en bajar la cortina cuando enciende las luces del apartamento al caer el sol. Sólo al caer el sol. Si el cielo se nubla durante el día, no, aunque haya oscuridad en el cuarto. Curioso su recato y precaución para que no vean la cama, a ella, que no le importa si la ven llorando. Ha llorado en aquel balcón de la escalera de incendio. Recostada en la baranda ha llorado mucho. Tal vez el pesar era tanto que ni le importó que la vieran, quién sabe si subconscientemente lloró allí para que la vieran y alguien supiera de su pena. Parece descabellado sentirse mal y salir al balcón de una escalera de incendio a lamentarse, con la esperanza de que alguien te consuele, pero una nunca sabe, si no, mira a la vecina. Estaba ella frente a la ventana, y la vio y se condolió muchísimo de su llanto. Pero la vecina nunca lo supo.

El llanto, llanto para un bandido, quién iba a decirle cuando vio aquella película hacía tantos años, que era de Saura. Un niño le dijo una vez que *Llanto para un bandido* era una película para ver un viernes. "Que mis ojos jamás han llorado como aquella tarde que te dije adiós". No fue por la tarde, fue por la mañana y no lloró, acomodada en el avión cerró los ojos, tratando de no pensar. Tratando de no sentir, de no sentirse. Es verdad que el corazón duele y se encoge, como dicen los boleros y las rancheras. Qué sarta de disparates—dijo en voz alta— Qué ridícula me pongo cuando estoy sentimental. ¿Y por qué no? Si la verdad es que me fui con el corazón encogido y adolorido. Destrozado. Y sentada aquí hablando con la mesa, con la boca llena de cartílagos de pollo, puedo pensar y decir lo que me dé la gana.

Sentada en el avión trataba de sentir sólo el dolor de cabeza que le impedía bajarla, o subirla, o volverla para ninguno de los dos lados. Cerrar los ojos y pensar en el dolor de cabeza. Cualquier dolor del cuerpo era paliativo para el otro. Tenía que pensar en el dolor de cabeza. Y de verdad, cómo le dolió las doce horas que tardó en llegar a casa.

—¿Y qué va a pasar cuando sea domingo al oscurecer y tú no estés?

El último domingo, sentadas en la cama. No era cama, sólo un colchón delgado sobre el piso. Aquí en Nueva York se especifica: un colchón de dos pulgadas de ancho, de cuatro pulgadas, de ocho. Allá los de dos o cuatro pulgadas son colchonetas. Sentadas sobre la colchoneta en la que habían pasado el día veían el comienzo del atardecer por los espacios entre las persianas de la ventana Miami. Hace años, bastantes, cuando empezaron a fabricarse casas con aquellas persianas, las llamaban ventanas Miami. Nunca se le ocurrió preguntar cómo les decían ahora, nunca necesitó mencionar el nombre. Ahora necesitaba definir aquel tipo de ventana, ahora lo necesitaba porque quería escribirlo y sólo conocía la palabra Miami para nombrar esas ventanas. Escribir, fabricar la cosa con palabras. No puedes fabricar una piel con palabras. Por perfecta que sea la descripción de un beso, no puedes con palabras fabricar la tibieza de los labios. No hay metáfora que substituya la presencia y la figura.

—No quiero pensarlo.

Sonrió automáticamente a la respuesta a su pregunta. ¿Qué

pasaría cuando no pudiera alargar los brazos y alcanzar su cintura, cuando no estuviera la de ella al alcance de los brazos que la abrazaban ahora?

—Acuérdate de empacar el abrigo que dejaste la otra vez. Siempre dejas cosas, los zapatos, el ajustador, los aretes. Pero tú te vas. ¿Por qué no dejas irse las cosas y te quedas tú?

La vecina de enfrente colocó los *blue jeans* recién lavados sobre la cama. Ya estaba casi oscuro. Encendió la luz del cuarto, bajó la cortina. Vaya manía de que no vieran qué hacía en la habitación después de oscurecer.

Trituró con una mordida final los cartílagos acumulados en la boca y tragó. Algo áspero le rozó la tráquea al pasar y pensó que se había tragado un hueso. ¿Un hueso? Pedazo de hueso sería, si se hubiera tragado un hueso entero no podría respirar. Increíble. Soy absolutamente incapaz de parar esta precisión imbécil. Me tragué un hueso, algo suficientemente duro para tener dificultad al pasar por la garganta, por la laringe, por la tráquea, qué cojones me importa si fue un hueso o un pedazo y el nombre preciso del cuerpo por donde pasó. Me dolió y punto. Es como si se me hubiera zafado la tuerca del cerebro que ajusta el lenguaje y lo encaja en sus límites. Carraspeó, tratando de escupirlo, pero estaba demasiado adentro ya. Tomó agua, agua y lo sintió bajar lento hacia el estómago.

Contempló los restos escasos del pollo desmembrado. Despacio, puso el tenedor y el cuchillo que no usó encima del plato, colocó la servilleta limpia sobre el tenedor y el cuchillo, agarró el vaso vacío con la otra mano y caminó hacia la cocina. Fregó el plato, el tenedor, el cuchillo, el vaso. Fregó mirando el agua que caía desde la llave abierta. Había lavado el tenedor y el cuchillo por gusto, nunca los usó, pensó mientras cerraba la llave.

—Esto es lo que pasa. Una se come en un santiamén un pollo entero, con cartílagos y todo, y hasta se traga un hueso sin darse cuenta.

¿Qué hará en este momento? En La Habana es la misma hora, aunque allá esté claro todavía. Cuando cambia aquí cambia allá y cuando cambia allá cambia aquí.

—Qué mierda.

Azul como el añil

Azul como el añil

*As one goes thru life
one learns that if you don't paddle
your own canoe you don't move.* [1]

Katherine Hepburn

Para Sonnia Moro Parrado

Soñé con él. Con él… Y la imagen difusa del sueño inesperado la hizo abrir la boca, que se le llenó del agua que caía de la ducha. Escupió. ¿Por qué? No ha estado presente en uno solo de mis pensamientos por más de veinte años. "¿Vivirá aún? ¿Cómo será ahora?" Intentó en vano recordar la cara que no le mostró el sueño. "¿Cómo era entonces?" El bigote, recordaba el bigote. ¿O creía recordar el bigote?

Ni de eso estaba segura. No creía en sueños irrelevantes. ¿Por qué soñar con él a estas alturas?

Aun habiendo aprendido a aceptar sus contradicciones internas, la desconcertaba el regreso del recuerdo de un episodio sobre el que creía haber triunfado, desechándolo de su memoria. La historia pertenecía a otra vida, a la de aquella muchachita novelera, como la llamaba su tía, y peliculera, añadió ella más tarde, que vivía con los pies en las calles de La Habana y la cabeza en Hollywood. La que se vestía de acuerdo a los modelos de la revista *Seventeen,* hechos realidad por Nena, la modista del tercer piso de Villegas entre Teniente Rey y Amarguras, con los retazos comprados en la calle Muralla. La chiquilla que no dudaba, porque lo decía Ingrid Bergman desde *Casablanca* y Bette Davis desde *La extraña pasajera* y Vivian Leigh desde *Lo que el viento se llevó* y Susan Hayward de manera más convincente todavía desde *Mi tonto corazón,* porque ésa era su favorita, que no estaría completa hasta encontrar EL AMOR DE SU VIDA… y perderlo. Porque ese *amor que sólo* se siente una vez tiene que ser imposible. Todos los domingos le repetían el mensaje desde la pantalla, y los días entre semana desde la sala de su casa. Ninguna de aquellas interesantes actrices pasaba por la vida sin haber padecido un desastre amoroso. Cómo le gustaba el adjetivo a su mamá. Ingrid Bergman no era bonita, pero sí *muy interesante*. ¿De dónde habría sacado que Ingrid Bergman no era bonita? ¿Cómo hubiera podido evadir —se preguntaba Carmina en este soliloquio mañanero bajo la ducha, mientras escupía el agua que le caía en la boca— mi destino de Lolita tropical, si aquellas tertulias encabezadas por mi madre destilaban a diario en mis oídos una educación sentimental cuya regla más persistente sugería de manera oblicua, insidiosa, y por lo tanto más atrayente, que la vida de una mujer carece de atractivos sin un amor prohibido? El discurso oficial de aquella misma madre, al dirigirse directamente a ella, el de aquellas mismas amigas de la madre, el de las tías y el del resto de la parentela, sobre la virtud de la mujer, sumado a las prohibiciones del padre, eran mensajeros débiles que morían antes de llegar a su conciencia, vapuleados por la cháchara de las tardes, que no tomaba en cuenta el oído alerta de la niña para alabar el modelo de vida propuesto por Hollywood. Después de Bette Davis y Susan Hayward vino Kim Novak en *Algo para recordar* y Jennifer Jones en *Indiscreción de una esposa americana*.

Cuando *Los amantes* cambió las reglas del juego y Jeanne Moreau, después de una, una sola pero larga y apasionada noche de amor, abandona al marido y a la hija para irse con el amado, hubo escándalo entre las tertuliantes. Irse a la cama con Jean Louis Tritignant se entiende porque mira que está, que no le duelen ni los callos, quién hubiera podido resistírsele, pero por Dios, es elemental saber nadar y guardar la ropa, afirmó Clara Betancourt. Total, en seis meses, que digo seis, en tres, la situación con el segundo marido va a ser la misma, el desinterés por lo que ella diga exacto porque todos los hombres son iguales, y el tipo pegándole tarros a diestra y siniestra lo mismo que el otro. El aburrimiento que le va a dar a ella, peor, porque antes tenía la esperanza de que cambiando sería diferente. Y eso sin contar con que a él se le antoje que ella le para un muchacho, que no sería el primer caso que yo he visto. ¿Y qué va a hacer entonces la infeliz, irse con otro? Eso es lo que yo llamo mala cabeza. El final de esas mujeres es trágico. *Ana Karenina* debería ser lectura obligatoria de toda mujer, antes de cumplir los 18 años. La verdad que esa novela es genial para entender que hay límites que no se cruzan, y a eso de que la mujer del César no sólo tiene que ser honrada, sino parecerlo, yo le haría una enmienda. Más que serlo, tiene que aparentarlo.

Saber nadar y guardar la ropa era la segunda regla de aquel manual de instrucciones, y la tercera que una mujer consigue lo que quiere por las buenas. Una mujer nunca presume de inteligente con el marido, y sólo lo contradice en privado, en la intimidad del cuarto, jamás en la sala ni delante de la gente porque un hombre tiene que quedar bien en público. La cuarta regla, no menos importante que las demás, decía que para conservar al marido hay que ser puta en la cama. Cuántos años pasaron antes de averiguar Carmina que las vidas de aquellas estrellas de Hollywood poco tenían que ver con los personajes con los que su mamá, y las amigas de su mamá y ella misma, las confundían.

La lucubración fluía sin control, hasta que la interrumpió abrupta la evocación de una tonada: *Que lejos ha quedado aquella cita, que nos juntara por primera vez,* tarareó escupiendo el agua despacio. Y en un escalofrío que no provocó la temperatura del baño le llegó sin quererlo, sin proponérselo, el olvido de cualquier otra cosa y hasta de sí misma que la envolvía a los 15 años, durante los encuentros en la Copa de la Quinta Avenida los sábados a las tres de la tarde, y sonrió inmersa en una indeseada beatitud. La cadencia de la voz grave de Fredy la embargaba desde el radio de su carro, que en aquel tiempo llamaba *máquina,* camino del motel que en aquel tiempo llamaba *posada.*

Se frotó el pelo distraída, con ambas manos, y frotando continuó por varios minutos cuando ya no quedaba rastro de champú. Secándose rumiaba el sueño evasivo, inscripto en el cuerpo, portador del enternecimiento, pero renuente a dejarse contar. ¿Cómo continuaba el bolero? *Parece una violeta ya marchita, en el libro de recuerdos del ayer.* Hasta ahí pudo acordarse, por más que trató de continuarlo. La estrofa regresó, transformada en más que música y letra. Era una ambivalencia casi dolorosa, que le apretó el pecho y la hizo respirar hondo. Con el suspiro le llegaron juntas, la emoción de antes anticipando el encuentro amoroso, y la repugnancia que le provocaba en el presente el enternecerse con la memoria. El carro entrando al motel, ella con la cabeza baja, recostada al asiento para no ser vista. El ordenaba, ella obedecía, para evitar que alguno de los empleados reconociera al director de escuela con una de sus alumnas.

En el momento en que identificó como abuso, lo vivido como gran romance, decidió no mencionar más aquella etapa de su existencia, carente de poder para cambiar el pasado. Y jamás la mencionó a las amigas ni a los esposos ni a los amantes, menos a las hijas. Ni siquiera a la terapista. Y tanto deseó borrar aquellos dos años de sus recuerdos, que lo logró. Bueno, lo que se dice borrarlos, aparentemente no, pero los engavetó hondo en algún rincón de la memoria.

Qué lejos ha quedado aquella cita regresaba tan pronto concluía la palabra ayer, convertido en sonsonete el trozo de canción. Y con cada repetición aumentaba el sentimiento de estar flotando en la superficie de un lago, cuyas aguas congeladas la canción entibiaba, y derretía para que ella pudiera ver en el fondo, intacta, la historia en la que no pensaba hacía décadas. Una vez más repitió: ...*en el libro de recuerdos del ayer.* ¡Qué jodienda! y se puso la bata de baño para ir a preparar café.

Recostada a la meseta de la cocina, revolvía el azúcar en la taza llena. En el agua del enjuague final de la ropa blanca, su mamá ponía una pastilla de añil, envuelta en un pedacito de tela redonda, y amarrada con un cordelito alrededor de la pastilla. Parecía una mujercita con vestido ancho. Muñeca de añil, la llamaba. La sumergía sólo unos segundos en el agua que mezclaba con la mano, pero aquellos instantes bastaban para azularla, y mantener la ropa inmaculada hasta que la tela raída era casi transparente.

Azul como el añil son los recuerdos, pensó. Lo vivido tiñe la memoria de manera indeleble, aunque pensemos que si nos lastima recordarlo lo podemos borrar negándonos a mencionarlo, y sepultándolo bajo otras experiencias. Los recuerdos regresan, tan pronto sucede algo que los activa. ¿Qué había activado éste, y cómo podía desplazarlo para siempre? Ensimismada terminó de vestirse.

Rumbo al subway examinó el día anterior, buscando conectores que la acercaran al origen del sueño. Esfuerzo baldío. Algo curioso pasó, pero ajeno por completo a su preocupación. Sin embargo, fue tan curioso, que la hizo hilvanar una de aquellas frecuentes lucubraciones involuntarias que, en ocasiones la entretenían y en otras, la torturaban. Antes de dormirse, había permanecido un buen rato construyendo en su cabeza el mismo tipo de oraciones en seguidilla con que divagaba ahora sobre su sueño, y su pasado.

En la vida existen Milagros y milagritos, se decía. Los

Milagros son fáciles de identificar, eventos inexplicables que te salvan la vida, o te consiguen un trabajo, o donde vivir en el momento que no tienes dónde, o te hacen conocer una persona destinada a ser significativa para ti. Sin embargo hay coincidencias, nimias en apariencia, cuyo significado oculto sólo entendemos al relacionarlas con un hecho posterior. Ella los llamaba milagritos y ésos, si no les prestas cuidadosa atención, pasan inadvertidos.

La mañana del día anterior, jueves, había decidido bajar por la escalera los cinco pisos desde su apartamento hasta la calle. Nada extraordinario, lo hacía a menudo como ejercicio. Al regreso de la editorial tomó el elevador, lo usual al regresar cansada, y entonces sucedió algo excepcional. Al entrar a la casa, de inmediato se dirigió a la cocina, y sin precisarlo agarró el cesto en que echaba los artículos para reciclar, y se dispuso a bajar al sótano. Lo colocó en su sitio de nuevo, jamás hacía esto de noche, siempre de día, y no cualquier día, sólo uno en que no fuera a trabajar. Hubo noches de estar repleto, no medio vacío como ahora, y ella postergaba la tarea. "¿A santo de qué tanta prisa hoy?" Pero un impulso incontrolable la hizo cogerlo de nuevo, abrir la puerta, llamar el elevador, e ir hasta el sótano.

Automáticamente comenzó a subir las escaleras, nada normal cansada como estaba. No fue acto de voluntad, los pies la condujeron. Casi al llegar al cuarto piso encontró un hombre que bajaba. Dio las buenas noches en español, y cuando ella intentaba continuar subiendo, la detuvo.

—Con permiso, mi nombre es Darío. Vivo en el 4B hace quince días. Esta mañana, al ir a trabajar encontré algo en un escalón que creo es tuyo.

Se desabrochó los dos botones superiores del abrigo, y del bolsillo izquierdo de la camisa, de franela a cuadros azules y grises, sacó un objeto pequeño y brillante. Era la manita de plata, con el puño cerrado, que había comprado en Paraguay el año anterior. Mi figa de la buena suerte. ¿Cómo sabe que es mía?

—El lunes estabas en el elevador, cuando yo entré, y me llamó la atención la figa porque tengo una igual.

Y abriéndose la camisa mostró la suya, casi del mismo tamaño, colgada del cuello por una cadena de plata. Hablaron algunos minutos sobre la coincidencia.

—¿Por qué no llamarla synchronicity? Es asombroso que la haya encontrado yo, que sabía que era tuya.

—Tiene que habérseme perdido hoy por la mañana,

Y señaló lo extraordinario de que hubiera decidido bajar al sótano a aquella hora. Le dio unas muchas gracias, muchas gracias, efusivas y se puso a su disposición si necesitaba algo. Estaba en el 5A.

—Podemos tomar café un día, dijo él.

—Seguro.

Fue a la cama pensando qué significaba aquello. Demasiada casualidad para que fuera sólo eso. El hombre, más joven que ella, le había caído bien. Tomaría café con él si se presentaba la ocasión. Antes de cerrar los ojos pensó que los de él le recordaban los de alguien. Tal vez los de nadie, tenía una habilidad exagerada para relacionar facciones, a veces le era difícil distinguir una cara de otra, eso de dos ojos, una nariz y una boca siempre. Cómo se me ocurren boberías antes de dormirme. Y entonces soñó con el viejo amante.

En el subway, logró sentarse en la parada de West Four, tremenda suerte. Leyó el anuncio frente a ella: "Seventy seven percent of the leaders against abortion are men. One hundred percent will never be pregnant".[2]

Los abortos nunca han sido problema en Cuba, ni ahora ni

antes, aunque antes su legalidad no fuera oficial. Cuántas americanas iban a abortar a Cuba.

Febrero, pero hacía calor aquel día. Como se recuerdan algunos sueños, brumosa la imagen, pero claro el contenido, recordaba aquella historia vivida. Si él hubiera rechazado el embarazo de plano le habría sido más fácil entenderlo. Un hijo de puta, ya lo sabía. Pero no. Si quieres tenerlo, para mí sería la alegría más grande que alguien pudiera darme. Si no quieres, le damos camino. ¿Se habría debido su flexibilidad a la certeza de que yo no tendría el valor de dejar caer semejante bomba en la tertulia de las tardes de mi mamá, a admitir que aún no poseía la destreza suficiente para saber guardar la ropa después de nadar? ¿Por qué él no habría tenido hijos hasta entonces? ¿No podía la esposa? Tuvieron uno después, tan pronto salieron de Cuba, oí decir. ¿Y qué si hubiera querido tenerlo? ¿Habría hablado con la esposa? ¿Viviríamos la niña, o el niño, y yo en una casa alquilada por él, en una zona discreta, suficientemente alejada? ¿Comentarían los vecinos que allí vivían la querida y la hija del director de la conocida escuela? ¿Mi condición de segunda esposa, de primera concubina, quién sabe cuántas más hubiera habido en el futuro, me habría deparado un destino similar al de Lisette, la vecina del pelo rubio y la boca grande a quien visitaba el senador de seis a diez de la noche, mientras aseguraba a su mujer estar atrapado en reuniones de gobierno? ¿Tendría yo un marido que jamás dormía en casa la noche entera, y en Nochebuena necesitaba la cena lista a las seis de la tarde, para irse a las nueve a comer de nuevo, con su familia oficial? Hubiera querido preguntarle cuáles eran sus soluciones de haber ella dicho que sí, que tendría el niño. ¿O entonces diría él que en realidad no era posible, que lo deseaba muchísimo, pero no era un buen momento, que podíamos esperar? Siempre quería preguntarle cosas, nunca lo hizo porque además del amante, y a pesar de ser EL AMOR DE SU VIDA, era el maestro, el señor director. El buscó el médico. El mejor, aseguró. El la llevó en su carro y permaneció a su lado durante el aborto. Terminado, se despidieron. Ella prometió llamarlo la mañana próxima, domingo, temprano. Los domingos no se veían, era el gran almuerzo familiar en la residencia de los altos de la escuela, con la esposa, el padre, la madre, el hermano y una hermana soltera. ¿Por qué reglas morales se regía ella, o la regían? Fue la primera de todos en morir, le dijeron. Allá en la isla, ¿seguirían los maestros ena-

morando a las alumnas, sin que su conducta tuviera conse-
cuencias para ellos, o habrían cambiado las cosas? Iba a
averiguarlo en su próximo viaje.

Se levantó tarde y triste, y no lo llamó por temor a que
saliera al teléfono la esposa, y por un resentimiento sordo que
no identificó entonces. Se sentía bien físicamente, pero lo
necesitaba a su lado. Durante el desayuno alguien tocó a la
puerta. Su padre abrió, y le dijo que allí estaba Rubén
Carretero, para entregarle un libro que era importante leyera
para la clase del lunes. No podía creer que estuviera allí,
haberse arriesgado a sospechas. La miró interrogante, desde el
lado de afuera de la puerta. Ella, nerviosa, desde el lado de
adentro sonrió y tomó un libro que, por supuesto, no necesitaba, pero que pasó el resto del domingo leyendo. Pidió
disculpas por carecer de tiempo para aceptar la invitación a
pasar a la sala, y se marchó.

Los cinco minutos transcurridos entre los tres golpes en la
puerta, que escuchó en el momento en que se llevaba el vaso
de café con leche a la boca, y observarlo perderse bajando la
escalera, después de cruzar el primer descanso, le rindieron
hasta las once de la noche, en que fue a la cama dispuesta a

dormir rápido para que amaneciera lunes. Pasó el domingo repitiendo mentalmente cada palabra, cada movimiento que hicieron ella y él durante el breve encuentro; recordando el cruce de miradas en la puerta, y leyendo y releyendo los poemas de la antología que le había dejado, resonando en su pecho con mucha más fuerza el verso que decía *...el feliz caballero que te adora sin verte,* que aquel otro de *...la libélula vaga de una vaga ilusión.*

Magnificó el gesto de haber ido a verla, el riesgo corrido, el haber dejado su casa en la mañana del día sagrado para cerciorarse de que ella estaba bien. El lunes, cuando él se acercó al banco debajo de la mata de casia, sacó el librito de su maleta de escuela para devolvérselo.

—Es tuyo, te lo llevé de regalo.

Mientras devolvía el libro a la maleta Carmina, sin mirarlo, le dijo, fue una de las pocas cosas que le dijo jamás, que si algún día tenía un hijo varón le pondría Darío.

—¿Por qué no Rubén?

—Prefiero Darío.

Había olvidado la existencia del librito que dejó en Cuba, y su deseo de ponerle a un hijo aquel nombre. No tuvo varones, pero a ninguna de sus dos hijas se le antojó ponerle Daría. El episodio del aborto fue al año y medio de relación, cuando ya ella estaba decidida a terminar, pero su conducta la conmovió y retardó seis meses la separación definitiva.

Qué doloroso este acto de rescate, este hurgar en la memoria para poner en orden unos recuerdos que la asediaban, y a la vez percibía tan ajenos. Dormitó por unos minutos. Estaba en la parada de la calle treinticuatro cuando abrió los ojos.

Llegó a la nueva escuela a principios de octubre, comenzado el semestre escolar. No objetaron su matrícula tardía por haberse recién mudado al barrio, y traer excelentes notas. El primer día de clases la recibieron en la oficina el director, alto en extremo, con pelo lacio, ojos negros algo achinados y labios gruesos que a ella le parecieron, desde la primera vez que los besó, ligeramente ásperos. A su lado estaba la esposa, un poco más baja que él, pero todavía alta, no gorda, sí envuelta en carnes, como hubiera dicho su mamá, y de ojos juntos. Se paraba muy derechita, lo que obligaba a los abundantes senos a levantar el vestido, al final de cuyo escote en forma de V se veía la unión de los pechos, que trataba de disimular con un pasador de marquesitas. Por detrás el vestido lucía más largo que por delante. Ambos eran miopes. Rubén Carretero le extendió la mano y después ella, Vicenta Herrera de Carretero. Vaya nombres, se cogieron todas las erres para ellos, pensaba al decir mucho gusto.

Los lunes, a las 8:30 de la mañana, tenía clases con Vicenta, quien no contestaba una sola pregunta si las alumnas no se dirigían a ella como Señora de Carretero. Los martes a las dos de la tarde tenía al maestro, y también los viernes, a las 10 de la mañana, en un aula pequeña en la cual se sentaba en la primera fila, directo frente a él. Vicenta sonreía poco y era de trato suave con las estudiantes, él no reía nunca nunca, y era más bien brusco.

A la segunda semana de estar en la escuela, a la segunda semana exacta, quince minutos antes de finalizar la clase del viernes, la cuarta clase que había tomado hasta aquel momento con el señor director, levantó la mirada de la libreta en que escribía y encontró sus ojos fijos en los de ella. Bajó la vista rápida, y continuó tomando notas. Haciéndose que las tomaba. BAM-BAM-BAM, sintió en medio del pecho. Después de treinta segundos pensó, fue una casualidad, las miradas se cruzaron porque estoy directamente frente a él, y el corazón continuó haciendo su trabajo tranquilo, bam bam bam, bam bam bam, bam bam bam. Sin poder evitarlo buscó los ojos de nuevo, y allí estaban, Más intensos ahora, algo más achinados. Bajó los suyos, y con ellos inamovibles del cuaderno, se preguntó si estaría viendo visiones. Aquel maestro de apariencia severa… Levantó los ojos una tercera vez, y ahora sostuvo la mirada. Varios segundos y sonó el timbre de salida. ¿Por qué lo hizo? Porque tenía quince años, y una imaginación y energía desbordadas y sin asidero. El viernes y el sábado se desveló, embriagada con el incidente. El domingo durmió bien y el lunes amaneció ojerosa, no por las malas noches sino por la ansiedad de querer comprobar si el maestro la miraba de nuevo, de la misma forma.

El intercambio de miradas fue en ascenso con el paso de los días. Carmina desarrolló estrategias para quedar al alcance de la vista del director, en el patio, en el comedor, en las aulas. El viernes de aquella semana, al terminar el acto cívico, recogía sus libros cuando él se aproximó.

—Si te hace falta algo, Carmina, dímelo. Dímelo y haré lo que sea por complacerte.

Fue un susurro dicho con la misma expresión en la cara con

que daba instrucciones en clase, pero no se dirigió a ella como señorita Andrade, como solía.

Durante la matiné del Arenal, a la que hasta hacía un año asistía con Mygdalia y Ana Rosa, pero desde que Mygdalia decidió ver a escondidas, los domingos por la tarde, al mismo novio con quien se sentaría en la sala de su casa de 8 a 10 aquella misma noche, durante las horas de visita concedidas por el padre, iba sólo con Ana Rosa, lo que permitía a Mygdalia justificar las salidas ante su mamá, Carmina contempló por las cuatro horas que duró la función doble, con noticiero y avances, la escena única de su cine privado. Levantaba los ojos del cuaderno y allí estaban, fijos en los suyos, los del maestro, intensos, insinuantes. BAMBAMBAM, BAMBAMBAM, BAMBAMBAM. Levantaba los ojos del cuaderno y allí estaban, fijos en los suyos, los del maestro, intensos, insinuantes. BAMBAMBAM, BAMBAMBAM, BAMBAMBAM. Levantaba los ojos del cuaderno y allí estaban, fijos en los suyos, los del maestro, intensos, insinuantes. BAMBAMBAM, BAMBAMBAM, BAMBAMBAM. Su mutismo inusual al abandonar la sala, hizo a Ana Rosa replicar azorada, cuando comenzaron a caminar las cinco y siete cuadras que las separaban de sus respectivas casas:

—Oye, ¿a ti qué te pasa hoy? Estás en babia.

Continuó yendo al cine, más por solidaridad con Mygdalia que por entretenerse. Se hizo introvertida, solitaria, los libros se convirtieron en su compañía más frecuente. Mientras las compañeras de escuela comentaban, durante los recreos, sus salidas a quinceañeros y a Coney Island, ella callaba. Cogió fama de seriota, inaccesible para los muchachos. Para crecer ante los ojos del maestro, se convirtió en la más dedicada de las estudiantes, se graduó de bachillerato con honores, y fue elegida para dar el discurso de despedida de la clase graduanda. Para ese entonces ya se había hecho el aborto, y decidido terminar con el maestro de una vez por todas.

Las miradas, y los si necesitas algo pídemelo, continuaron hasta el viernes de la última semana de noviembre, en que poco antes de la última clase se acercó al banco del patio en que ella se sentaba entre clases, el único al que cobijaba, sin gran éxito, un árbol no muy alto, casi arbusto, del que colgaban enormes racimos de unas flores amarillas que no había visto antes. Le dijeron que era originario de la India, raro en Cuba, y se llamaba casia, no acacia, y más por la historia y la rareza de la planta que por la poca sombra que le ofrecía, adoptó aquel banco.

De sopetón, en un susurro que no esperó respuesta, el director le advirtió que al siguiente día la esperaba a las tres de la tarde en la Copa de Miramar. Interrumpió su lectura en *¡Oh, las sombras enlazadas!* y se preguntó si era cierto lo que oyó, pues habló tan bajo que el sonido de las palabras se confundió con el rumor de los racimos de la casia florecida, que el viento de un norte incipiente movía. Mientras repetía automáticamente para sí misma *¡Oh las sombras de los cuerpos que se juntan…* podía ver al señor Carretero, ya instalado en el escritorio de su oficina, conversando con Vicenta.

No tuvo ganas de comer aquella noche, ni de desayunar en la mañana. Almorzó poco y leyó hasta tarde en la noche. La aterrorizaba, con esa palabra grande definía lo que sentía, la idea del encuentro. No sabría qué decir, qué hacer. El juego de las miradas era divertido, excitante, pero de ahí a encontrarse con él en la Copa de Miramar….

Su primer pensamiento al despertar el lunes fue, qué bueno hubiera sido tener siete años, esconderse debajo de la cama, y negarse a ir a la escuela. Llegó tarde para obviar la fila de entrada a clase, y cada instante del día concentró su atención en evitar encontrárselo. No entendió una palabra de lo que se explicó, en ninguna de las asignaturas. Sabía a qué hora era, dónde, cada clase suya, y las evadió. Vigiló la oficina, para alejarse al verlo entrar en ella. El martes nunca supo si la miró, porque jamás levantó los ojos del papel en que escribía, o se hacía, y desapareció de la escuela tan pronto sonó el timbre de salida. El miércoles, entre la una y las dos de la tarde, sintió que la mandíbula inferior le temblaba cuando lo vio acercarse, aunque el sol atravesaba los ramos de casia, y le daba en la espalda. A aquella hora debía estar enseñando biología al segundo año.

—Me embarcaste, te esperé hasta las cuatro y media.

El balbuceo de ella salió deshilvanado.

—No importa, pájaros somos y en la mar andamos. Otro día.

Y regresó despacio a la clase de biología del segundo año. Ella hubiera querido ir tras él, y decirle que abandonaba el juego. La asustaba el camino que estaba tomando. Retiró sus miradas, y nunca se alegró tanto con la llegada de las vacaciones de Navidad. Permaneció casi todo el tiempo en casa, negada a ver, incluso, a Mygdalia y a Ana Rosa, la mayoría de las veces que llamaban. Andaba sonámbula, por un lado apacentaba añoranzas del intercambio de miradas, y por el otro la atormentaba pensar en el fin de las vacaciones.

Cuando comenzaron las clases él la miró mucho, más que nunca si eso era posible, y el viernes de la primera semana le anunció, de nuevo, que la esperaría al día siguiente en La Copa de Miramar, a las tres de la tarde. Como la primera vez, no esperó respuesta. La única diferencia consistió en que al terminar las instrucciones añadió:

—Esta vez no me embarques.

Se sintió acosada, pero indefensa para continuar negándose. Ahora sí habló por teléfono con Mygdalia, para advertirle que iba a mentir diciendo que iría a estudiar con ella.

—Claro que sí, vieja, no faltaba más, cuenta conmigo para lo que sea. Me voy a casa de Ana Rosa un rato y le digo a mi mamá que tú vas a reunirte con nosotras allá. Coño, qué bueno que al fin entiendo por qué has estado tan extraña últimamente. No te preocupes, ni una palabra a Ana Rosa si tú no quieres que lo sepa, pero te advierto que si la necesitas puedes confiar en ella, te lo digo yo. Tienes que contarme, ¿Quién es él?

—Te cuento cuando nos veamos, ven por aquí un día de esta semana, después de la escuela.

A las tres y cinco estaba diciendo buenas tardes al director, que abría la puerta del carro para que ella se acomodara a su lado. Le preguntó adónde quería ir. Y qué diablos sabía ella adónde ir. Nunca había estado en una situación similar.

—Adonde quieras. Escoge tú.

Él encendió el radio y comenzó a hablar de las clases, de la escuela, a comentar sobre los otros alumnos. Ella no escuchaba, tenía muchas ganas de orinar, de salir corriendo de allí, pero sonreía y comentaba también. Llegaron a El Reloj, en la carretera de Rancho Boyeros. Reconoció el lugar porque en las tertulias de su mamá, y entre las compañeras de escuela, se comentaba que allí iban los americanos para ver a bailarinas de mambo tener sexo entre ellas. Decían que le pagaban veinte dólares a cada una, y que a veces hacían cuadros, "pasteles dirían ahora" —se editó Carmina mentalmente— en los que los turistas participaban, y entonces pagaban más. No sabía cuánto más. Entraron a un reservado, un cuartico con olor a hongo y paredes vestidas de formica carmelita para imitar madera. Había un sofá tapizado en plástico negro, que imitaba cuero, y sobre una de las paredes un marco de ventana decorado con balaústres, en los cuales se enredaban claveles rojos de papel sucio. Entró un camarero y puso dos cervezas frías sobre una mesita frente al sofá.

Sentada en este subway de Nueva York que estaba llegando a la Quinta Avenida y la calle Cincuenta y Tres, miraba sin ver el poster sobre el aborto diseñado por Barbara Kruger, y en verdad no podía asegurar que el reservado de El Reloj tuviera el decorado que ella veía ahora, al pensar en aquel día. El sofá debió existir, porque él se le acostó encima y ella no estaba en el piso. Le parecía ahora que le preguntó si estaba bien con ella la marca de las cervezas que el camarero había traído. Su bebida favorita en aquella época, y de esto sí estaba segura, era el batido de trigo y el de leche malteada, pero respondió que le encantaban esas cervezas. El se quitó el saco y la corbata, sirvió dos vasos, y se desabrochó la camisa. Tomó la cara de ella entre sus manos y la besó en la frente. Comenzó a desabotonarle la blusa. Ella lo dejó hacer pensando que no estaba gozándose la situación en lo absoluto, pero si se había metido en este lío, mejor seguía adelante, acababa lo antes posible, y no lo veía más. La sexta regla que la tertulia de su mamá dictaba, y la primera de las prédicas de su papá, era que antes morir que hacer el ridículo.

Al verla desnuda, se quitó los espejuelos, la miró largo, le dijo que era una pinturita, y preguntó qué le gustaba que le hicieran. Qué carajo sabía ella qué le gustaba. Esta era la primera vez que estaba desnuda delante de un hombre. Su experiencia en materia amorosa se limitaba a besos, le habían manoseado las tetas unas cuantas veces, y una vez un chiquito que dijo ser cuatro años mayor que ella, pero tenía su misma edad, la besó tan duro que le partió el labio de abajo. La verdad era, que lo más excitante que había descubierto en materia sexual era masturbarse. Rubén la miraba interrogante, esperando que ella tomara la iniciativa que jamás tomaría. Después de unos minutos dijo, metiéndole la mano entre los muslos.

—¿Y qué si te mamo esta cosita rica que tienes aquí?

Está bien, respondió aliviada de que se hubiera decidido a hacer algo, y al abrir las piernas, para su sorpresa se dio cuenta de que estaba húmeda.

La besó y chupó por más de una hora y ella a él, con una maestría reveladora, según la percepción que se llevó el maestro a su casa, y sobre la que meditó en la noche mirando televisión junto a Vicenta, de lo tremenda que era aquella chiquita, una verdadera gozadora. En realidad, Carmina puso en práctica los cuentos que escuchaba a las amigas y en la tertulia de la madre, combinados con gestos y expresiones tomadas de las películas. Cuando le pareció el momento apropiado, fingió un estruendoso orgasmo con gritos y contracciones. El sí tuvo uno. Al llegar a su casa, Carmina esperó a que Marisela, su hermana, estuviera dormida y se masturbó callada hasta satisfacerse sin aspavientos.

Continuaron viéndose en La Copa de Miramar. A partir de la segunda vez, iban al cuarto de un motel que también olía a humedad, pero tenía cama, mesas de noche y baño. Durante aquellos dos años, y por bastantes más, pensó que lo había amado con pasión. Ahora, sentada en el subway, se esforzaba por meterse dentro de la que había sido, y entender sus sentimientos. ¿De qué hubiera podido enamorarse si nunca sostuvieron una sola conversación, si jamás compartieron un día juntos, ni siquiera una tarde, si aquella relación se redujo a las dos o tres horas de los sábados, a los quince minutos del desván de la escuela una o dos veces por semana, y al trato entre maestro y alumna durante los días de clase? Pero por dos años la de él fue la única piel que se apretó a la suya.

A los cuatro días del primer encuentro, en aquel enero al regresar de las vacaciones de Navidad, Mygdalia vino a visitarla. Su mamá la invitó a comer, y se quedaron conversando hasta pasadas las diez de la noche. Era miércoles, el día que Marisela dormía en casa de la abuela porque su tía trabajaba hasta la madrugada en el hospital, y los asustaba que Petra estuviera sola y le bajara o subiera el azúcar de pronto.

Mygdalia, una vez al tanto de los detalles, habló con la voz de la experiencia. Le parecía fenómeno. Ni a Francoise Sagan podía haberle ocurrido algo más interesante que lo que le estaba pasando a Carmina.

—El director de la escuela. Chica, la verdad que te la comiste. Ahora lo que tienes que hacer es seguir mi ejemplo. Escúchame bien, tú deja que te la meta por atrás todo lo que quiera, pero por aquí, y se puso las dos manos, juntas, sobre la pelvis, nada. Esto es sagrado.

Carmina casi se ríe porque en aquella posición Mygdalia parecía una parodia de la Venus de Boticelli.

—Oye bien lo que te digo, y hazme caso, no puedes perder la cabeza, tú haz de todo, menos eso. Conserva tu virginidad.

Mira, a mí no me importa ser la novia oficial de Rafael ni que vayamos a casarnos el año que viene. El ha insistido con cojones, pero de eso nada. ¿Y si le pasa algo, con lo loco que es manejando, si tiene un accidente, y si se enamora de otra en el último minuto antes de casarnos y me deja plantada? El es macho y al carajo ¿Pero qué me hago yo, eh? ¿Dónde voy a encontrar después quien se case conmigo, con el bollo desguazado? Ese, no lo metas en danzas, y el resto a la mierda, relájate y goza que como dice mi mamá, eso es lo único que una se lleva.

Siguió el consejo por unos meses. Rubén, como el novio de Mygdalia, insistía. Nada anhelaba tanto en esta vida como hacerla suya, y Carmina escuchaba la voz de la amiga: "No metas en danzas lo de alante". Pero un viernes a las cinco de la mañana, esperando ansiosa a que amaneciera el sábado leía el *Tómame ahora que aún es temprano* de Juana de Ibarbouro, y decidió que quería "ser" de Rubén Carretero. Lo decidió porque no pudo imaginar que iba a querer en el futuro algo, con tanta intensidad, como deseaba sentir a Rubén dentro de ella en esta madrugada de desvelo, y pensó que el resto de su vida iba a lamentar no haber obedecido a una demanda tan fuerte de su cuerpo.

De ahí en adelante, hacían el amor los sábados en el motel de Miramar, y los días entre semana en el desván del cuarto piso de la escuela, encima de una mesa coja en la que ella, despojada de los panties y con la saya del uniforme recogida hasta la cintura, se acostaba de las caderas para arriba, la única parte del cuerpo que cabía en la mesita, mientras Rubén, de pie, la penetraba, y ella enredaba sus piernas alrededor de él para evitar irse al suelo. Aquella precaria postura la adoptaba dos o tres veces por semana, durante los que eran recesos para las otras estudiantes. Otras veces subían a aquel cuartico atestado de libros en desuso, sillas de paleta a las que faltaba el brazo, máquinas de escribir con teclas de menos, pizarras desgastadas, recostadas a las paredes, y apartando los trastes ella se subía en la diminuta mesa para complacer el antojo del maestro y masturbarse con las piernas abiertas y dobladas las rodillas como para un examen ginecológico, hasta culminar en los arrumacos de un orgasmo que allí fingía y sólo florecía al llegar a su casa, encerrada en el baño o después de esperar a que su hermana se durmiera en la cama contigua a la de ella, imaginando que el maestro la abrazaba y le decía que la quería.

Nunca lo dijo. Las ganas de que lo dijera la hicieron devota del Cristo de Limpias, al que iba a pedir los viernes después de salir de la escuela, acompañada de Mygdalia, a quien confesó no haber seguido sus consejos, y de San Judas Tadeo, abogado de los imposibles. En realidad sus peticiones habrían sido difíciles de conceder, aun en el caso de que los santos tuvieran intenciones de hacerlo, porque con igual vehemencia rogaba por que la amara, por que sintiera que ella estaba adentro de él, que era parte de él, que pedía por Vicenta. Pobre mujer engañada, siempre le había dado Sobresaliente, y tan tetona como era, no muy jovencita y con aquellos ojos juntos, quién iba a quererla si el marido la dejaba. Y parecía quererlo tanto. Cada vez que Vicenta entraba al aula en que Rubén enseñaba una clase, se acercaba al escritorio y acariciba la cabeza de su marido, Carmina, sentada en su asiento habitual en la primera fila, decidía no salir más con él. Con sus contradicciones a cuestas entraba cada viernes en la capilla del Cristo de Limpias, y cada martes en la novena de San Judas Tadeo.

Terminó con él la mañana que se graduó de Bachillerato. Era difícil hacerlo yendo a la escuela. La acosaba cuando trataba de evadirlo. Tímidamente, Carmina expresaba sus necesidades. Quería alguien con quien ir al cine los domingos, sentarse en un café, ir a un restaurante. La cansaba ya este juego a los escondidos. El respondía que tuviera paciencia, o se marchaba disgustado, para regresar al rato o al día siguiente, y decirle que la esperaba el sábado a las tres de la tarde en la Copa de Miramar, o en el desván en media hora, al finalizar la clase.

No lo vio más. Era el principio de los sesenta, intervinieron las escuelas privadas y la familia de Rubén, completa, marchó para México. Como a los dos años se encontró con una ex compañera de clases y le dijo que Vicenta había tenido un niño.

Bajó del subway en la avenida Lexington, sin tener recordado el sueño, pero habiendo recuperado su novela rosa privada, intacta. O quién sabía cuánto había inventado, u omitido, en esta versión fabricada a treinta años de los hechos.

Al regresar a su apartamento encontró una nota del vecino del 4B con su teléfono, y que lo llamara. La invitaba a comer. Pensó tomarse un café con él, pero no creyó que fuera tan pronto. En Esashi, el restaurante japonés de la Avenida A entre las calles Dos y Tres le contó que enseñaba cine en la universidad de la ciudad, y que hacía un documental sobre los mexicanos indocumentados que trabajan en Chinatown y no hablan español como primer idioma.

—Para mí resulta fascinante que muchos de ellos aprenden, en muy poco tiempo, chino suficiente como para comunicarse con los jefes y con la clientela china, y casi hablan mejor el chino que el español.

Llevaba diez años en Nueva York, era mexicano de nacimiento, pero sus padres eran cubanos. Carmina habló de su trabajo, le dijo que se había casado dos veces, la primera con un cubano y la segunda con un marroquí. Pensó contarle de las hijas, de sus profesiones, de los nietos, pero comenzaron a hablar de otras cosas, y se dijo que lo contaba otro día.

Continuaron viéndose, en los ratos libres que las vidas ocupadas de los dos les permitían. Una noche, dos meses después, al regresar de un concierto él la invitó a un vino en su apartamento.

—¿Me estás invitando a un vino y ya, o quieres irte a la cama conmigo?

El la miró, entre sorprendido y sonriente por lo directo de la pregunta.

—La cama me parece perfecta, si tú quieres, claro. Tengo ganas de hacerlo desde que te vi en el elevador y me fijé en la figa que te colgaba del cuello.

—Entonces, voy hasta mi apartamento a recoger mi cepillo de dientes eléctrico. No soporto levantarme por la mañana y no tenerlo.

Al regresar, Darío le dijo:

—¿Sabes? Lo que más me gusta de ti, es que me parece conocerte de siempre.

El dormitorio, iluminado por la luz tenue de una lámpara de noche pequeña, cuya pantalla de cristal opaco tenía pintada una carita de mujer con sombrero, olía fuerte a incienso Champa, pero como era su preferido, le agradó el olor. Las dos ventanas del cuarto, encajadas en una pared color melón, lucían cortinas de encaje blanco. Carmina pensó, ya en la cama, que si hubiera visto la habitación sin conocer al dueño, habría jurado que pertenecía a una mujer.

Darío fue suave y decidido, espontáneo para dar y tomar, paciente para esperar por ella, lo que contentó a Carmina, quien firmemente creía, como el general de *Arráncame la vida*, que en ese juego, el final es lo que importa. A punto de quedar dormida, sintiendo que se hundía en algo tan mullido como no era posible existiera colchón real, le llamó la atención la foto sobre la cómoda, que mal distinguía en la penumbra. Una pareja de ancianos sentados en un sofá floreado, los dos con espejuelos, los ojos de ella un poco juntos. Y entonces soñó el mismo sueño de dos meses atrás, pero por la mañana lo recordó entero.

Es un día claro con mucho sol, pero no calor. Como las tres de la tarde. Camino, camino, camino y mientras camino pienso en lo bueno que será ver a este hombre de nuevo. No quiero acostarme con él, quiero hablar, tener la conversación que nunca pude antes, hablar de lo que verdaderamente me interesa, decir lo que quiero. Me siento muy bien pensando esto, pero el viaje es larguísimo, me pierdo, pienso que voy a llegar tarde a la cita si continúo caminando. Decido atravesar la laguna que hay frente a mí, a nado. Estoy llegando a la orilla. Del otro lado de la laguna, en un banco situado debajo de un árbol pequeño, casi un arbusto, de cuyas ramas penden grandes ramos de flores amarillas, sentado, el hombre me espera.

Despertó antes que él y pensando en el sueño. Qué bueno hubiera sido tener una conversación con Rubén, pero estaba segura de que ese tren se le había ido. Sin embargo, el hecho de que en el sueño tuviera la decisión de hablar, la consoló. Si lo viera, de veras sería capaz de hacerlo. Distraída, no muy alerta aún, volvió la cara y vio la foto de la pareja. Se levantó tratando de no hacer ruido, tomó el retrato y lo observó de cerca. BAMBAMBAM. BAMBAMBAM BAMBAMBAM. No era verdad. Fue hasta la ventana y apartó ligeramente la cortina, hasta que por una hendija entró la luz. Miró la foto despacio. Eran ellos, veinte, veinticinco años después de su graduación de bachillerato. Rubén y Vicenta.

Darío dormía. Si en la editorial le entregaban un libro, para aceptar o rechazar para publicación, con una historia como aquella, seguro que lo rechazaría. ¿Quién iba a creer semejante cuento? Sonrió. Qué bueno que ésta era su vida, no una ficción, que no necesitaba la aprobación de nadie para continuar su historia. Miró a Darío y comprendió el significado de aquella cadena de coincidencias. Con tal vehemencia había reclamado a la vida, en tantas ocasiones, el no haberle dado la oportunidad de decirle a Rubén lo que hubiera querido, que ahora se la ofrecía, en el hijo. ¿Cómo lo tomaría, era justo de parte de ella hacerlo partícipe, qué sentiría por su padre? ¿Y por su madre? Sería más fácil callar, lo había hecho hasta ahora. Más inteligente, habría dicho su mamá. ¿Qué sentido tendría esta confesión tardía? Concluyó que contar era su deber con ella misma.

Al despertar Darío, preparó café. Era domingo, tenían el día para ellos, y sentados a la mesa de la cocina, le preguntó por los colores de las paredes del cuarto y las cortinas de encaje. Sonrió, bebió un largo sorbo.

—Todo el mundo me lo pregunta. Yo mismo no sé bien, la única explicación que he podido encontrar es, que ha sido una reacción contra mi padre. Conmigo fue muy bueno, pero hizo sufrir tanto a mi madre, con los montones de mujeres que siempre tenía por ahí, que yo me identifiqué con ella en muchas cosas. Somos muy unidos. Creo que tenía noventa y nueve papeletas para salir gay, pero en vez de eso me dio por tener un gusto femenino, de acuerdo a las normas tradicionales, para decorar la casa, sobre todo mi dormitorio.

—Cuéntame de tus padres.

—Eran cubanos, como te dije, tenían una escuela en La Habana, cuando se la intervino el gobierno a principios de los sesenta se fueron de Cuba. Mi madre estaba embarazada, por primera vez después de 16 años de matrimonio, así que yo nací a los seis meses de estar ellos en México. Quiso ponerme el nombre de mi padre, pero él insistió en que sería Darío. Ella nunca entendió el capricho, pero lo aceptó porque su hábito era complacerlo, en mucho más de lo que merecía, creo yo. Ya de grande, me ha parecido muy interesante la explicación que mi madre se inventó. Estoy seguro que llegó a creérsela, y la ha estado dando a las amistades hasta el día de hoy, para justificar la elección del nombre. La atribuyó, mi padre jamás lo aceptó ni negó, y yo lo vi sonreír en varias ocasiones mientras ella hablaba, lo que conociéndolo me ha hecho sospechar que su elección nada tuvo que ver con la teoría de mi madre, a lo mucho que él admiraba al poeta nicaragüense, pero como Rubén Carretero era tan macho que hasta de su nombre estaba orgulloso, porque las repetidas erres eran símbolo de masculinidad, según él, se avergonzaba de que su gusto por la poesía modernista llegara al extremo de querer nombrar un hijo como su máximo representante. Te digo que el viejo se las traía. Recién llegados a México abrieron una librería, y de eso vivimos siempre. Nunca enseñaron allí. El trabajó hasta el año pasado que murió y ella continúa viviendo en la casa que compraron en Coyoacán, recién llegados, y donde yo viví hasta que vine para Nueva York.

Carmina lo miró fijo e imaginó que, dada la opinión que Darío tenía de su progenitor, lo que ella iba a contarle no lo afectaría demasiado. Comenzó despacio y con trabajo, porque hay historias que al morir los hechos que las construyeron se resisten a ser resucitadas y rechazan hasta las palabras que las nombran. Pero ella tenía que hablar. Tenía.

—Yo conocí a tus padres, y estudié en la escuela que tenían en La Habana.

El dejó de tomar café. Ella habló por cincuenta minutos, que él no interrumpió una vez. Contó todo, tal como lo había recordado en el subway hacía dos meses. Hasta su deseo de ponerle Darío al niño que no tuvo. Después calló. El sacudió la cabeza, como espantando algo.

—Wow, es increíble. ¿Sabes que sería una tremenda película?

Al salir de su boca la palabra final de la historia, Carmina sintió que había tocado el fondo de aquella turbia laguna cuya agua teñida de azul llevó empozada en el alma por treinta años, y con cada frase dicha en aquella mañana había logrado abrir una compuerta por donde la vació. Y fue casi física la sensación de sentir agua clara llenándole el espacio interior, ocupado antes por la estancada.

Pasaron el día juntos y por la noche fueron al cine a ver una película de Aranda en el Film Anthology Archives. Al regresar al edificio se despidieron, antes de abandonar él el elevador en el cuarto piso. Cada cual tenía trabajo al día siguiente, por lo tanto durmieron en sus respectivas camas. El no la invitó de nuevo, ni la llamó más. Ella dejó dos recados en su máquina contestadora y paró de insistir.

Al mes se encontraron, subiendo en el elevador. La saludó afable, mencionó la abundante lluvia caída aquel día y comentó que su madre vendría a visitarlo dentro de quince días, pero que para aquella fecha estaría ya mudado, a un apartamento más grande que había conseguido en el Upper West Side. Carmina le sonrió cuando dijo adiós en el cuarto piso, y continuó hasta el cinco. Caminó el pasillo hasta su apartamento pensando que le hubiera gustado saludar a Vicenta, le hubiera gustado de verdad y, al hacer girar la llave en la cerradura, movió la cabeza a ambos lados.

Preparó arroz frito con el pollo que le había sobrado la noche anterior, hizo una ensalada con lechuga y un pepino completo, la adobó con aceite de oliva extra virgen y seasoned rice vinegar, se sirvió una copa de vino tinto, puso un disco de Amalia Rodrigues, y mientras comía murmuró para sí, moviendo los hombros al ritmo del fado, que quién iba a decirle treinta años atrás, que treinta años después pasaría tan buena noche y sostendría aquella conversación con Darío, el hijo de Rubén y Vicenta.

[1] Según una va viviendo aprende, que si no rema su propia canoa, no se mueve.
[2] Setenta y siete por ciento de los líderes en contra del aborto son hombres. El cien por ciento de ellos nunca quedarán embarazados.

La semilla más honda del limón

La semilla más honda del limón
1997

El bien y el mal es lo que valoramos y tememos.
Y, sin embargo, lo que valoramos y tememos
está solamente dentro de nosotras mismas.

Tao Te King

Martirio, Martirio me siento mal. Martirio.

—¿Qué pasa?

—Estoy muy mal.

Martirio extendió la mano torpe hasta la lámpara de noche, volteando un vaso sobre la mesita. Encendió la luz y contrajo los párpados. —*Shit*, dijo al ver el agua derramada y miró el reloj. Las cuatro. Se volteó e hizo un esfuerzo por entreabrir los ojos. Rocío, sentada en la cama miraba sin expresión, desde detrás del pelo en desorden, su imagen reflejada en el espejo de la cómoda frente a ella.

—Estoy mal.

—¿Pero mal, físicamente?

—No.

Martirio sacudió la cabeza, tratando de despertarse.

—¿Trajiste pastillas para la cabeza? Se me parte. ¿Te acuerdas lo que decía mi mamá esta tarde de que a veces quisiera quitársela, guardarla por un rato y ponérsela de nuevo cuando se le hubiera pasado el dolor? Así me siento ahora.

Martirio caminó soñolienta hasta la cómoda y sacó dos Tylenol de su cartera.

Sostuvo el vaso de agua mientras la muchacha, estremecida, bebía. Regresó a su espacio en la cama, ahora despierta y observó el temblor del mentón y las manos al llevarse el cigarro a la boca. Tomó la fosforera y lo encendió. Absorta contempló humedecerse las caras de los ositos sentados sobre el cachumbambé, impresos en la camiseta que le había traído de regalo y estrenada aquella noche a modo de bata de dormir. Los osos le quedan exactamente sobre los senos —pensó— por necesidad van a recoger todas las lágrimas que derrame cada vez que tenga puesta esa camiseta, y observó cómo, desde las caritas sonrientes y húmedas, el llanto se deslizaba hasta el letrero a la altura del estómago: *Friends Forever and Ever.*

Los sollozos, y tras ellos los prolongados hipidos, la sacaron de su abstracción. Debía decir algo, pero no tenía ganas de hablar. No después de la discusión de la tarde. Desde su llegada tres días atrás se habían producido desacuerdos ininterrumpidos, a los cuales en realidad no prestó mayor atención, centrada en su alegría de ver la ciudad, a los amigos, de estar con Rocío, pero el de esta tarde había sido *too much*, el salto al absurdo, al silencio.

—¿Con quién estás tú en la Guerra del Golfo, con los americanos o con los árabes?

Fue en la cafetería del Habana Libre, que no se llama Libre desde que una empresa española compró el hotel, y después otra. La pregunta intempestiva, fuera de contexto, lanzada mientras blandía un muslo de pollo frito en la mano, provocó en Martirio la sensación de que la muchacha sentada al otro lado de la mesa había tocado una tecla de computadora que abría un documento viejo que no se estaba buscando. No comprendió de momento, y en los minutos que tomó a Rocío masticar y tragar el pollo que ahora tenía en la boca, recordó una anécdota que había leído de niña en Selecciones del Reader's Digest, cuando aquella revista era lo máximo para ella, porque sus páginas traían los únicos interiores de casas placenteros que le estaba dado contemplar. A una mujer, cuya timidez la angustiaba sobremanera, le recomendaron tomar alguna clase para aumentar sus conocimientos generales, y así tener más tema de conversación en situaciones sociales. Cogió un curso de historia y meses más tarde, sentada en un restaurante entre varias personas, se produjo uno de aquellos silencios que tan ansiosa la ponían. Al cabo de uno o dos minutos sin que nadie hablara, miró a los comensales, uno tras otro, y al continuar callados, comenzó ella a tamborilear sobre el mantel con los dedos y dijo: ¿No les parece terrible lo que le sucedió a la pobre María Antonieta?

—Con ninguno de los dos —respondió Martirio— Me pareció una perfecta salvajada.

—Pues yo estoy con los americanos.

—¿Y por qué?

—Porque ellos tuvieron razón al atacar. Los árabes desobedecieron a las Naciones Unidas.

—¿Y tú crees que hay que obedecer a las Naciones Unidas?

—Claro que sí, es un organismo internacional.

—¿Y entonces por qué los americanos no obedecen la decisión réquete mayoritaria de las Naciones Unidas, a favor de la que han votado casi todos los países por años, con excepción de ellos y dos más, de levantar el bloqueo a Cuba?

Desde detrás del pelo en desorden Rocío reclamaba su atención con la mirada. La miró.

—¿Pero puedes explicar lo que tienes o no lo sabes?

—Yo sí sé, pero tengo miedo decirlo.

Martirio se recostó a la pared que servía de espaldar a la cama y cerró los ojos.

La muchacha respiró profundo y dejó de llorar.

—Al carajo, voy a decirlo y que pase lo que pase.

Aspiró hondo el humo del cigarro y con dedos inseguros apartó dos o tres hebras de tabaco de la punta de la lengua, desprendidas del cigarro sin filtro.

—Es que me acosté con alguien, con un hombre, aunque te prometí que no lo haría. Su mujer padece de asma. Creí que podría ser fiel y monógama, pero no puedo. Me he dado cuenta de que me siguen gustando los hombres, de que puedo acostarme con ellos, y hasta de una manera amable.

Acompañó el sonido de la palabra "amable" con un voltear las palmas de las manos hacia arriba, mientras las alejaba del cuerpo, que hizo pensar a Martirio en una flor abriéndose.

—Además, fue en una circunstancia muy triste. Yo tenía hambre y no tenía nada qué comer y él fue y buscó lo único que había de almuerzo en su trabajo, un plato de spaghettis pelados y me lo trajo.

Grandes sollozos la invadieron de nuevo, largos hipidos.

—El es como yo y me dio su comida.

—¿Qué quieres decir con, "es como yo", que vive aquí?

—Eso mismo, y que porque vive aquí a veces tiene hambre y no encuentra qué comer, y que le gusta la carne y cuando no la come es porque no la tiene, y no la tiene nunca y ni se le ocurre ser vegetariano porque lo es por pura necesidad, y no ha probado el brócoli en su vida porque jamás lo ha visto, ni practica yoga, primero porque cree, igual que yo, que es una mierda que nunca ha formado parte de nuestra cultura y que sólo sirve para entretener a gente que no tiene que hacer una cola por la mañana, truene, llueve o relampaguee, para conseguir un pan duro que se pone agrio a las dos horas de que te lo dan, y una miseria de picadillo de soya que de contra cuando te lo comes te cae en el estómago como una piedra porque la soya que usan para mezclar con los pellejos con los que la mezclan aquí es la que se cultiva para alimentar animales, no para consumo humano y está probado científicamente que en gran parte fue la responsable de la epidemia de neuropatía que tuvimos y que todavía está sufriendo muchísima gente, entre ella mi mamá, aunque tú digas que eso no es posible. La soya, óyelo bien, es un asco, eso es lo que es, un asco, y si ustedes cuando vienen por una semana se dedican a predicar sus bondades es porque traen dólares para desayunar, almorzar y comer en las mesas suecas de los hoteles en los que a mí me está prohibido entrar porque no tengo con qué pagar lo que cuestan esas comidas, y si consigo un extranjero que me invite me caen atrás los tipos de seguridad, por jinetera. Y si tú te puedes levantar pensando en hacer yoga por dos horas y preocupada por mantener el tono muscular es porque no amaneces preguntándote si ese día vas a poder bañarte cuando estés muriéndote del calor, y descargar el inodoro cuando cagues, si tienes inodoro, y porque sabes que vas a tener agua y luz en tu casa cada vez que abras la llave del agua y cada vez que prendas la luz. Y aunque yo hubiera querido aprender a hacer yoga, hasta hace muy poco no habría podido, porque de aquí prácticamente han botado a gente muy talentosa porque se enteraron que practicaba yoga en su casa. Ahora las cosas han cambiado un poco, pero quién sabe si cualquier día vuelven a ser como antes. ¿Cómo puedes confiar en nada en un país donde sale en el televisor una programación cuando empiezan a trasmitir y después lo que ponen no tiene nada que ver con lo que apareció en el programa? Además de todas estas cosas, él es como yo porque piensa que como decía DeGaulle, peor que un comunista, solamente dos comunistas y cree que la invasión de Playa Girón la hicieron cubanos, no los americanos, como me dijo el amiguito tuyo periodista aquella noche que estábamos tomando café en Nueva York.

Rocío calló exhausta. Con la respiración entrecortada y las manos temblorosas trató fallidamente de encender el cigarro que se le había apagado entre los dedos.

Martirio se sentía drenada. Totalmente. Se sentó en la cama, deslizó una pierna hasta el suelo, después la otra, se puso de pie y descalza y despacio fue hasta la cocina, arrancó dos toallas de papel del rollo que había comprado el día anterior, en dólares, abrió el refrigerador y sirvió dos vasos de agua mineral, de la botella que había comprado junto con el papel toalla, porque le daba miedo coger yardias si tomaba el agua de la pila. Al mismo paso regresó a la habitación, le dio uno de los vasos a Roció, más calmada ahora, colocó el otro vaso sobre su mesa de noche y comenzó a secar el agua derramada al despertarse mientras pensaba, observando que la humedad había formado una mancha blanca sobre el barniz de la superficie, ya estropeado antes de mojarse, que tendría que pagar la reparación al dueño del apartamento. Prendió, con la fosforera que le trajo de regalo, el cigarro que Rocío sostenía apagado entre los labios.

Recostada de nuevo a la pared, Rocío ahora fumaba. Martirio se sentó del otro lado y bebió la mitad del agua que se había servido.

—Y si te sientes tan mal aquí ¿Por qué no te vas? Tienes una excelente educación, una carrera que sólo los ricos pueden estudiar en Estados Unidos, como tú misma me dijiste un día. Tu inglés es bastante bueno, sólo necesitas un poco de práctica. Conseguirías trabajo fácilmente.

—¿Sí? ¿Y cómo me las voy a arreglar con esta artritis para subir y bajar las escaleras del subway y para caminar los miles de cuadras que se caminan allá para cualquier cosa? ¿Cómo arreglo lo del transporte? Nadie me va a coger lástima por coja y yo no puedo manejar un carro. Y además, dependería del subway porque ni se me ocurre irme para Oklahoma o un campo de esos. Ni siquiera para Philadelphia o Boston. De irme, sería para Nueva York. Yo aquí vivo en La Habana, no en Bejucal ni en Güira de Melena, en La Habana, que con todo lo desbaratada que está, es tremenda ciudad. ¿Y cuando tenga que ir al médico, yo, que tengo que ir a cada rato? A Yailín le dio una bronquitis cuando estuvo allá y regresó diciendo que enfermarse en Cuba es casi una gracia, pero en Estados Unidos es una desgracia. Yo no podía creerlo cuando mi prima, la que tú conociste en Brooklyn, me dijo que cuatro días en el hospital, por una cesárea, le costaron quince mil dólares.

—Tal vez esa prima pueda ayudarte. Te quedas con ella un

tiempo en lo que te encaminas.

—Aquella noche que comí en su apartamento le pregunté y me dijo que bueno, tal vez por poco tiempo podría ser porque vive con el marido y el hijo en un studio y estaríamos incomodísimos, pero a mí esa solución no me conviene. Todo el tiempo hablaron de lo dura que es la vida allá y yo creo que lo decían para desanimarme porque repitieron como veinte veces que si me iba tenía que buscar trabajo enseguida. Yo les dije que claro, de dar un paso como ése lo primero que haría al llegar sería buscar una pincha en lo que fuera, porque al principio no voy a tener papeles, pero la verdad es que si la condición para vivir allá es trabajar el día completo y llegar por la noche sin ánimos para escribir, me quedo aquí porque para mí escribir es lo primero. ¿Y mi mamá? Yo no puedo dejar a mi mamá por atrás, primero porque se muere de la tristeza si le hago lo mismo que nos hizo mi padre, segundo porque no sé de qué va a vivir. ¿Cómo va a arreglárselas con los 177 pesos que gana al mes, 8 dólares cuando los cambia? Y lo tercero es que yo no sé ni freír un huevo. Y mira, aunque lo tuviera todo resuelto no sé si podría dispararme esa agua de culo que allá le dicen café ni la resingá manía que les ha dado con el cigarro que uno no puede fumar en ninguna parte. Como si allí la gente no se muriera de todas maneras…Ven acá, y si tú, que te acostabas conmigo, no me ofreciste quedarme en tu casa ¿Por qué va a hacerlo mi prima?

—Porque no le dijiste, como me dijiste a mí, que a ti te gusta que te sirvan y que estás acostumbrada a que te lo hagan todo. Tú viste cuál es mi vida, no puedo darme el lujo de estar con una persona que sin trabajar espera a que yo, levantada desde las cinco de la mañana, regrese a las siete de la noche para pedirme que le haga café, en vez de esperarme con la cafetera puesta en la hornilla, para hacérmelo a mí. Pero te agradecí la franqueza de decirlo, créemelo.

—Por eso yo digo lo que la gente quiere oír.

—Pero si tú te sientes tan mal aquí y tampoco quieres irte, no sé qué vas a hacer.

—Nada, repinga, absolutamente nada. Hacer lo que hago, tratar, como sea, de vivir lo mejor posible.

—A él no le he dicho que soy gay.

—¿Por qué?

—Porque es un hombre convencional. Y su mujer padece de asma.

—Esta es la segunda vez que mencionas la enfermedad de la mujer en media hora. ¿Es que no puede templar? Lo que menos entiendo de lo que me has contado es que le hayas ocultado ser lesbiana. Pensé que no entrabas en esos juegos. Después de todas esas historias que me has hecho, de ni siquiera plantearte una relación monógama, de haber terminado tu relación con Julio, a quien, según tú, no le importaba si te acostabas con una mujer o con una chiva, ¿ahora te has empatado con un troglodita a quien no puedes decirle quién eres? Eso me es inconcebible. No sólo inconcebible sino desencantador, en el sentido más exacto de la palabra. Lo que me encantó de ti fue tu franqueza, lo que yo consideré tu valentía en un medio social en el que casi se desconoce la capacidad para atreverse a ser diferente de la mayoría abiertamente.

—Ya te dije que cuando yo conozco a alguien trato de lucir lo mejor posible, y sabía que a ti te iba a gustar oír eso. Creo que todo el mundo es así. Tampoco te he dicho nunca que he hablado mal de ti. No sé si te va a molestar.

—¿Por qué has hablado mal de mí?

— Porque en Nueva York yo te quería y te odiaba, a veces en etapas separadas y a veces a la vez, pero jamás te lo dije.

—Yo a ti no. A pesar de las discusiones, la pasábamos tan bien, hicimos tantas cosas juntas. ¿Y la cama? No vengas ahora con que no te gustaban aquellas peliculitas porque la idea de alquilarlas fue tuya, y se te veía de lo más divertida mirándolas. Hasta estuvimos de acuerdo en que la mejor fue la de la gorda con los dos tipos. Quería traerte una postal que he visto con el retrato de ella en cueros, o casi, nada más tiene puestos esos cinturones que usa en la película, pero no tuve tiempo de buscarla.

—En el fondo, yo sí quería que tu cambiaras —dijo Rocío mirando el cigarro entre sus dedos, ya casi colilla—¿Tú no quisieras lo mismo de mí?

—No. Yo quisiera que tú no quisieras que yo cambiara.

—Me hubiera gustado secuestrarte y amarrarte y obligarte a comer lo que yo comía, a fumar, prohibirte el brócoli y el tofú y hacerte olvidar el yoga.

—¿Y por qué te molestaba lo que yo hacía? Todos los días que estuviste allá te comiste tu bistec con papas fritas o tu pollo frito con papas fritas. A mí no me molestaba que comieras lo que se te antojara. Yo pensé que estabas contenta, y creo que lo estabas.

—¿Vas a odiarme por haberme acostado con ese hombre?

—Por eso no.

—Yo tenía hambre.

—Pero tú regresaste con seiscientos dólares y eso fue hace sólo tres meses.

—Compré el televisor. ¿Se te olvida? Te dije que iba a comprarlo. No había tenido un televisor en mi vida, ni mi mamá tampoco.

—¿Y gastaste en él los seiscientos dólares?

—Casi quinientos. Mi mamá no lo quería tan caro, pero te juro que no conozco a nadie que tenga uno mejor. Y además, el control remoto hubo que pagarlo aparte y fueron otros cincuenta.

—Pero la sala de tu casa es tan chiquita que de donde se sientan a ver el televisor al aparato no hay más de tres pies.

—Es verdad, pero nos dimos cuenta después de haberlo comprado y no nos devolvieron el dinero.

— ¿Tú te vas a acostar conmigo de nuevo?

—No sé, ahora mismo no. Esto debió haber durado aquel mes, como lo propuse.

—Es verdad, tú tenías razón. Más experiencia.

—¿Por qué no me dijiste lo que pasaba por teléfono, cómo

te sentías? Hablamos todas las semanas. Yo no hubiera hecho planes para venir por tanto tiempo ni hubiera alquilado un apartamento para estar contigo. Me hubiera quedado con mi familia como lo hago siempre.

—Tú viniste a trabajar, no a estar conmigo.

—A trabajar hubiera venido por una semana. Planeé estar tres por ti.

—Pues entonces quédate aquí en este cuarto, sin salir, todo el tiempo.

—Estás loca, quiero ver la ciudad, el malecón, la luna. Pensé que lo haríamos juntas.

—Yo odio la ciudad, detesto el malecón y aborrezco la luna.

—¿También la luna?

—Sí, yo soy una persona muy resentida. Y si no te dije nada, hablando con todo cinismo, fue porque necesitaba que vinieras para que me invitaras a comer y me trajeras los cables de la computadora que se me quedaron.

—¿Y entonces por qué no te callaste y hubiéramos pasado estos días en paz?

—Porque no pude. Traté, pero no se me quitaba de la cabeza y no soportaba verte contenta y por eso peleaba todo el día. Yo soy una imbécil. Tú eres la mejor relación que he tenido.

—¿Yo soy la mejor relación? ¿Por qué?

—Siempre entiendes lo que digo, aunque casi nunca estemos de acuerdo, y no sabes lo difícil que se me hace que me entiendan. Julio, por ejemplo, nunca entendía y el problema al final consistía en que yo era más inteligente que él y no quería reconocerlo. Y las mujeres... si supieras con las que he andado. Una vez estuve con una porque me gustaron las tetas. Una semana.

—El problema es que las tetas tienen nombre, vida mía.

—¿De verdad no vas a odiarme?

—Por eso no. Resentiría mucho que me calumniaras.

—Hablé con mi mamá esta tarde, se lo conté todo. Ella piensa que es mejor que me vaya para mi casa mañana.

—Si lo prefieres...

—¿Vas a regalarme el vibrador, como prometiste?

—Seguro, puedes llevártelo mañana.

—Eso no. ¿Y tú? Déjamelo cuando te vayas, pero que no se te olvide.

—No te preocupes, casi siempre cumplo lo que prometo.

Martirio miró el reloj, ya eran las cinco.

—Vamos a dormir un rato, yo quedé en reunirme con dos escritoras a las diez de la mañana y voy a estar muerta de sueño.

Martirio apagó la lámpara, se tapó con la sábana y encogió las piernas. El aire acondicionado, con el termostato roto, enfriaba sin piedad y no había una frazada en el apartamento y ella no había traído una porque cómo iba a imaginarse que la necesitaría. Pensó en apagar el aparato, pero lo hizo la noche anterior y el sudor la despertó. No podía dormir si sentía calor. Cerró los ojos.

Rocío apagó el cigarro en el cenicero junto a ella y mientras acomodaba la cabeza en la almohada, Martirio la oyó decir:

—Eres muy buena. La verdad es que pensándolo bien, fue extraña la manera cómo me acosté con este hombre. Te imaginas que porque me trajo...

—Tú no vas a hacerme esa historia a mí, en detalle ¿Verdad? —la interrumpió Martirio, abriendo los ojos sin moverse de la posición que había adoptado para tratar de quedarse dormida.

—Es que como tú eres tan razonable.

—Hacerme esa historia me parecería una enorme falta de

sensibilidad de tu parte. Además, ya me la contaste. Tenías hambre y te acostaste con un hombre que te trajo un plato de spaghettis blancos.

—No, no —exclamó Rocío con gesto rápido, incorporándose en la cama y moviendo el índice de la mano derecha en señal de negación.

—Tenían salsa de tomate.

La conoció una tarde en un comercio de libros antiguos, en Nueva York, dijo Martirio a Marta Veneranda, pero tal vez fue a principios de verano. Sí, un viernes a principios de verano en una conferencia de literatura en La Habana, cuando hacía ya siete años de haber concluido lo que pensó sería su última relación de pareja. Hastiada de incompresiones mutuas, puso en la meditación y el yoga la misma pasión que solía poner en los amores y ahora vivía sosegada, contenta, considerándose dichosa de albergar un pasado que era surtidor casi inagotable de cuentos y al que atribuía gran parte de su fecundidad como escritora.

Rocío se acercó a ella al terminar la lectura de uno de los cuentos de su libro más reciente y le preguntó, directa, si podían hablar un rato a solas alguna vez, antes de que ella se fuera de Cuba. La manera insinuante de fijar los ojos sin recato recordó con demasiada intensidad a Martirio miradas antiguas, su adolescencia en La Habana, para negarse, y la invitó a almorzar al día siguiente, sábado, a las doce del día. Regresaba a Nueva York el domingo. Al alejarse la muchacha, Martirio observó el paso desigual. De regreso en el hotel, duchándose pensó cómo aquella mirada la había llevado a una etapa de su vida que no visitaba en años.

Al leer el menú, Rocío comentó que ya había olvidado que la carne de res existía, es más, pensaba que el acto de almorzar en sí mismo era una actividad perteneciente al pasado.

Sentada en el portal de la casa de Gladys, su amiga de la adolescencia, enternecida Martirio repitió el comentario aquella noche.

—Que no haya visto la carne en mucho tiempo puede ser verdad, —afirmó Gladys- que no recuerde lo que es almorzar… Por favor, Martirio, la chiquita estaba jineteando.

Al despedirse en el restaurante, pasadas las siete de la noche, Rocío le entregó varios cuentos, pidiéndole que por favor los leyera. A aquella hora ya Martirio sabía que el padre de Rocío había sido un mujeriego sempiterno, aficionado además a buscarse la vida en empleos mal vistos en cualquier sociedad, pero aún peor aceptados en la que los trataba de desempeñar y que al abandonar en 1980, junto con el país a las mujeres, grande y chiquita, que dependían de él, las condenó a penurias y humillaciones que dejaron marcas imborrables en el cuerpo y una amargura solapada en el alma de ambas que superaba la de la hiel de cualquier otra criatura viviente. El daño al cuerpo era aparente, el daño al alma lo descubrió Martirio después. La peor calamidad, dijo Rocío, fue sentirse obligada a renunciar a la actuación, su primera vocación, cuando los síntomas del reuma la hicieron aceptar que una actriz artrítica estaría seriamente limitada en sus papeles.

Tenía un novio, buena gente, pero también iba a la cama con mujeres a cada rato. De hecho había tenido dos relaciones de pareja con muchachas. Su mamá lo sabía, lo habían hablado. No estaba segura de que le gustara la idea de la hija bisexual, pero lo aceptaba.

Martirio regresó a Nueva York impresionada por la madurez de aquella criatura capaz de sobreponerse al infortunio y de hacer, como dicen en inglés, limonada cuando la vida le dio limones. Sobre todo, admiró su honestidad, su falta de dobleces para contar su historia personal.

No pensaba con frecuencia en Rocío, pero en ocasiones, mientras esperaba el subway o regresaba a casa de uno de los talleres que enseñaba, le producía un sentimiento de alegría calmada el saber que ella estaba en el mundo. Eso era todo, no sentía apremio por llamarla, ni saber de su vida. Era bueno que existiera.

Cuando en octubre Martirio participó en el comité organizador de una conferencia sobre literatura, propuso el nombre de Rocío Linares Ballester y poco antes de Navidad llegó la joven escritora.

Fue a recibirla al aeropuerto de La Guardia y en el taxi que las llevaba a su casa, donde se hospedaría, le dijo que le había comprado unas cápsulas de Sea Cucumber y Glucosamine con Chondroitin, que decían que realmente funcionaba para la artritis. Al entrar al apartamento y ver que Martirio llevaba la maleta para el cuarto destinado a los huéspedes, antes de que la colocara en el piso, dijo:

—Yo voy a dormir contigo. Terminé con Julio. Creo que no voy a acostarme con un hombre nunca más.

Martirio sonrió ante la rotunda afirmación y puso una almohada extra para acomodarla a su lado. Nevaba ligero. Apagó la lámpara de noche para que Rocío pudiera ver mejor la nieve que caía, alumbrada de amarillo por la luz de un farol de la calle.

Las casi seis horas que pasó en los tres aviones que la trajeron de regreso a Nueva York, más las esperas en los aeropuertos para conectar vuelos, diecisiete horas en total, con excepción de los ratos de sueño, las consumió Martirio lucubrando el episodio con Rocío y todas sus relaciones previas. Diecisiete horas es mucho tiempo.

Qué cansada estaba de gente loca. Qué tremendamente cansada. Y se vio a sí misma un montón de años atrás escuchando, una vez vaciaba la botella de cerveza después de comida, las viejas dichas y desdichas amorosas de Mark y recordó la noche de luna llena en que quiso ella que él escuchara sus confesiones, y cómo se negó a oírlas, alegando que no valía la pena revivir historias de amores pasados. Recordó los celos locos de Ada, su acto de amor aguado, la noche que la persiguió por la casa con un cuchillo, al regreso de estudiar para los exámenes de master con una compañera de la universidad, casada y enamorada del marido. Vio a Diana lanzando por la ventana de la cocina tomates, hojas de lechuga, rábanos, pepinos, la ensalada completa, porque ella había almorzado con Ada seis meses después de haber terminado la relación con la ex amante. Recordó aquella manía incurable de Consuelo, de consolar a cuánta mujer se cruzaba en su camino, en la cama. Recordó a Silvia, para quien ella siempre era culpable hasta demostrar cien por ciento su inocencia y aún así nunca quedaba convencida. Hasta en Shrinivas pensó, con quien sólo estuvo un fin de semana, pero vaya, bastante que la hizo sufrir el que fuera tan bueno por dos días y después desapareciera de su vida para siempre. Y ahora, esta última, Rocío, mentirosa y calumniadora. Su mamá hubiera dicho que le roncaba el clarinete la suerte que le había tocado. Ella, que estaban de pinga.

Verdad que las circunstancias de la vida de Rocío hubieran sido capaces de desequilibrar al más pinto de las palomas ¿De dónde habría salido aquella frase? ¿Y Mark? Lo de él venía de la guerra de Corea, y a Ada la trastornó por completo la crianza en aquella escuela de monjas donde le prohibían ponerse zapatos de charol para que no se le reflejaran en ellos los panties. Dios mío, cuánta insensatez puede caber en una mente humana a la hora de criar niñas. Y los cuentos de Diana metían miedo. Martirio, que de todo careció en su niñez menos de comprensión materna, sentía faltarle el aire al imaginar a su ex compañera acosada por una madre cuyo fanatismo religioso la hacía vivir obsesionada con el infierno y vigilar la hija sin piedad para alejarla del pecado. Consuelo estaba más que justificada. Perfecto funcionaba para haber crecido en tres casas adoptivas de chiquita y haberse puesto tan fatal que en las tres abusaron de ella. Y a Silvia la mandaron para Estados Unidos con los Peter Pan sin que ella lo supiera y estuvo rodando de orfelinato en orfelinato por un año hasta que los padres llegaron a Estados Unidos.

Pero coño, la crianza de ella, hija de una andaluza refugiada de la guerra civil española que llegó a Cuba con una barriga de seis meses, sin un kilo y llorando al marido fusilado no había sido tampoco la más placentera, ni segura, que por algo se llamaba como se llamaba y bastante que sufrió, y casi se muere de angustia cuando lo del intento de suicidio de la madre. Bueno—suspiró sentada en la cafetería del aeropuerto de Cancún, mientras mordía uno de aquellos sandwiches de pollo que consideraba los más sabrosos del mundo— porque vengo de donde vengo es que me he pasado la vida andando con esta sarta de locas y locos.

Pocos minutos antes de aterrizar en el aeropuerto Kennedy, con los ojos cerrados vio la cara descompuesta de Rocío durante aquella absurda discusión, su ira, y sintió que habiendo deseado lo contrario, absolutamente lo contrario, había hecho saltar la semilla más honda del limón que el infortunio plantó en el alma de la muchacha. Cada mañana, antes de exprimir el limón cortado a la mitad, cuyo jugo ponía en el vaso de agua con que rompía el ayuno, para después beber café, sacaba minuciosamente las semillas con la punta de un cuchillo. Hurgaba sección por sección, en busca de las más escondidas. Ya segura de que no había ninguna, lo exprimía. Sin embargo, a veces con la última gota del zumo saltaba una, y en cada ocasión al verla se decía, que por ser la más profunda y renuente a dejar su lugar debía ser la más agria en la corteza y la más amarga en el centro y se preguntaba, ¿si hubiera tenido ocasión de germinar, tendrían sus vástagos las mismas cualidades? Nunca la probó. Se limitaba a rebuscar con una cuchara en el vaso y al sacarla la observaba unos instantes antes de depositarla en la basura con delicadeza. Tanto esfuerzo, aunque hubiera resultado baldío, merecía recompensa.

Comprendía por qué saltaba la semilla del limón, era cuestión de presión. Si apretabas suficientemente fuerte, salía sin remedio, no importaba cuán hondo hubiera querido esconderse. Y se abrochó el cinturón de seguridad para el aterrizaje preguntándose qué habría desencadenado la amargura en Rocío. Tal vez, se dijo, apreté suficientemente fuerte, sin quererlo, su tecla del deseo. Pero qué mucho hiere herir — pensó mientras el avión tocaba tierra y se sintió contenta de estar de regreso. En una revista sobre salud leyó que todos los días, al levantarse, debía pensar en tres cosas de su vida con las que se sentía feliz. Al leerla, lo primero que le vino a la mente fue Nueva York.

Pagó al taxista, cargó la maleta ligera, casi vacía y entró al edificio pensando que la imagen única que iba a guardar de Rocío en La Habana sería la de la primera noche que llegó, cuando hicieron el amor antes que el rencor espumara, y después de las caricias, al salir del baño ella, la vio sentada en el borde de la cama con la cara oculta en la bata de dormir que acababa de sacar de la maleta. Recordaría su pelo, como lo vio al abrir la puerta del baño, oscuro y sedoso y su respuesta cuando le preguntó qué hacía:

—Esta bata huele a ti. Huele a Nueva York.

El resto de las imágenes, al pensar en Rocío en el futuro, sería Rocío en Nueva York. Rocío deslumbrada ante Times Square de noche, dichosa de atravesar a pie el puente de Brooklyn, feliz de contemplar por primera vez en los museos los cuadros que había admirado por años en láminas de libros, risueña posando para aquel retrato a lápiz en una acera de Broadway, satisfecha de tomarse cientos de fotografías para enseñar a los amigos al regreso a casa, excitada mientras escogía películas eróticas en la tienda de video. La recordaría mirándolas desnuda, con las piernas abiertas, sentada en el sofá de la sala y pidiéndole que la atendiera, que ella se ponía riquísima con aquellas escenas y no podía esperar. La recordaría sentada en el banco de la Sexta avenida, pasada la medianoche, cantando en voz baja aquella canción que tanto la sorprendió que conociera. *Quiero un pañuelito filipino y una gargantilla de coral y una cadenita de oro fino y una piedra azul de Portugal. Quiero...*

La vida manda

La vida manda

Señor, dame entrañas de misericordia
ante toda miseria humana.

de la liturgia de la misa.

...la marcha forzada de la vida
la empujaba hacia adelante.
No sin un acerbo dolor

La vida manda
Ofelia Rodríguez Acosta

Lo mío es el carpe diem, Martica, desengáñate. Vivir el momento y no darle cabeza a lo que va a pasar mañana, así es como he logrado sobrevivir y esta filosofía es la que me permite no descargarle ni al suicidio ni a irme del país. Qué va… eso de irse. La gente cuando se va cambia mucho y a mí, con toda la mierda que tengo arriba, me gusta como soy. Más que nada los ojos. Nunca he entendido por qué, pero cuando regresan no sostienen la mirada. Aquí nosotros nos miramos y se nos olvida cuánto tiempo hemos estado mirándonos, pero a la gente que vive afuera yo no sé qué le pasa, no sostiene la mirada. Ni camina igual. El otro día yo regresaba del entierro de Roberto, el padre de Tati y empezó a llover y del otro lado de la calle vi a Rubén, aquel que estudió conmigo en la Lenin, caminando bajo la lluvia y pensé que si viviera afuera no caminaría igual, con ese desenfado. No sé, a lo mejor son locuras mías, pero a mí me parece que mojarme en la lluvia de aquí y mojarme en la lluvia de otro lugar no es lo mismo. A lo mejor son locuras mías.

Lo que no puede hacer una es desesperarse…total, nunca se sabe, te pones dichosa y de momento se te arregla la vida cuando menos te lo imaginas. Basta un minuto de claridad. Mírame a mí, quién me iba a decir hace un año que iba a a vivir como vivo, con lo jodida que he estado siempre, Martica, desde los cuatro años con la llave de la casa colgada del cuello con un cordel para entrar y salir cuando se me antojara, mami cantando en aquellos clubs y en aquellos restaurantes hasta la tres o las cuatro de la mañana, y el viejo de reunión en reunión, que nunca se sabía a qué hora iba a aparecer. Y ahora tengo la comida hecha cuando llego a la casa, la cama tendida, la ropa lavada. Tengo todo lo que no tuve de chiquita. Y de la manera que se arregló. Lo más loco del mundo, por lo menos desde afuera. Desde adentro, sucedió lo más lógico, como pasa siempre. Una puertorriqueña que estaba en la beca conmigo tenía un dicho que nos aprendimos todas a fuerza de oírselo: el único que sabe lo que hay en el caldero es el cucharón que lo menea, y así mismo es.

Tú has tratado muchas veces de averiguar a qué se debe mi cambio porque la verdad es que soy otra, y yo te he dado de lado para no decírtelo, he cambiado la conversación, me he hecho la chiva loca. Tú lo sabes. Pues mira, si no te lo he dicho es porque nuestras vidas ahora son tan distintas que hasta pudor he sentido de contarte, pero jamás por falta de confianza en ti, eso sí que no. Y hoy decidí que te voy a hacer el cuento completo. Completo, porque si no hablo exploto. Fíjate qué falta me hacía hablar contigo, que he venido en guagua. A la bicicleta se le jodió una rueda anoche y hoy domingo no hay quien se empate con Yoluis, el único que siempre consigue la parte que le haga falta a la bicicleta. Más nadie. Pero los sábados por la noche jinetea y hoy no llega a su casa hasta las siete o las ocho de la noche. Y yo tenía que hablar contigo. Esperé la guagua más de una hora, acere, con mi santa paciencia. Se demoró tanto que ya estaba cantando como Elena Burke: "son las dos menos diez, son las dos menos diez, si no pasa el camello, seguro que me voy a pie". Yo no sé ni cómo tengo ánimos para chistes. Hablando en serio, eres la única a quien se me ocurre contárselo, la única de la que estoy segura no va a repetirlo al primero que entre por esa puerta cuando yo me vaya, porque mi hermana, qué chismosa es la gente en este país. Martica ¿será lo mismo allá, por dónde vive tu mamá?

En el camino para acá estaba pensando en la cantidad de mierdas que nos ha tocado vivir juntas. ¿Te acuerdas la noche que me acosté con el gallego, a quien le había dicho que no como cinco veces porque no lo aguantaba, para que tú, la Jacinta y yo comiéramos? Salí a buscarlo debajo de aquel aguacero de madre. No pongas esa cara chica, si de eso hace un cojonal de años. ¿Te acuerdas que yo no las había visto en más de quince días y cuando me abriste la puerta con la chiquita pegada a la teta, que no parecía ni teta de flaca que la tenías y la muchacha llorando porque halaba y no sacaba nada y tú con unas ojeras que parecías la mujer de Drácula, y yo sin un kilo, que había ido a tu casa con la esperanza de meterme algo en la boca allí, pensé en el gallego inmediatamente porque aquella misma tarde me lo había encontrado en la calle y me disparó de nuevo.

Casi no puedo creer cómo te has dedicado a la niña desde que nació y a Armando desde que viven juntos, pero créeme que me parece perfecto si eso te hace feliz, y además, estás hasta gorda, que en tu caso, me pone de lo más contenta, pero por favor, óyeme callada aunque esté repitiendo historias que has oído cien veces, y cuando oigas lo que vine a contarte no digas, como te he escuchado en los últimos tiempos decirles a varias gentes cuando te hacen sus cuentos, que no tienen límites, que hay cosas que no se hacen, rayas que no se pasan. A mí no me vengas con ésas porque nos conocemos demasiado y me levanto y me voy. Pasarse de la raya. Yo también tengo rayas que no paso, yo también tengo mis límites. No voy a parir muchachos para colgarles una llave del pescuezo a los cuatro años para que entren a las once o las doce de la noche en la casa, cuando ya no tengan nadie más con quien jugar en la calle porque el vecindario entero se fue a dormir, y después de estar sentados solos en el quicio de la puerta, esperando a ver si el padre o la madre llegan cuando todavía están despiertos, se acuestan solos, y solos están hasta que alguno de los dos llega a las tres de la mañana.

Es verdad que estoy acelerada, pero si no fuera por este acelere no estaría aquí sentada. Debe ser la yerba que me trajo Tamara. Yo no sé de dónde la saca, pero cada vez que fumo la yerba de Tamara es como si comiera cotorra. Yo, que casi no hablo, tú lo sabes. Y esta locuacidad es a pura yerba, te juro que no me doy un pase de coca hace más de ocho meses. Y la casualidad que me la trajera hoy.

No te alteres, ya voy. El asunto es que para la época en que yo andaba con la llave colgada del cuello, mi mamá era cantante. Ya sé que lo sabes, pero te vas a callar y a oírme, ése es el trato si quieres enterarte. Cabarets, restaurantes, fiestas que la contrataban, hasta en programas de radio participó, pero a mí quien me cambiaba los pañales cuando ya no aguantaban un meado más y me freía un huevo o me abría un pomo de compota rusa después de desgalillarme gritando del hambre, era mi papá. El viejo, el pobre, trataba, pero se pasaba la vida de un lado para el otro, que si lo mandaban para Camagüey, que si lo necesitaban en Pinar del Río, casi no paraba en la casa. Y cuando mami estaba era ensayando o hablando con el montón de maricones y tortilleras amigas suyas. Por eso fue tan extraño que formara el revolú, como decía la puertorriqueña de la beca, que formó con Olema y conmigo.

Yo no soportaba el repertorio que tenía que empujarme en aquellos ensayos. Una vez le dio por las canciones españolas. ¿Te imaginas? Fue lo peor. Inmamables. De una tal Conchita Piquer, nombre que nadie de mi generación ha oído mentar nunca. Repetían tanto las jodidas cancioncitas y mi odio a ellas era tan gigante que no podía dejar de prestarles atención y al final me las aprendí de memoria. ¿Qué te parece? y todavía a veces me sorprendo tarareándolas y cuando pasa, me muerdo la lengua y me pregunto si en el fondo no me gustarán. Eso es lo peor, que muchas de las cosas que rechacé de ella, al cabo de los años me doy cuenta de que las he hecho mías. "A la lima y al limón, ya no tengo quien me quiera, a la lima y al limón, me voy a quedar solteraaa". Había otra de una puta que se enamora de un marinero extranjero que tenía tatuado el nombre de una mujer. La letra más chea que se ha inventado, pero hay mañanas en que me despierto con ella en la cabeza y no hay manera de quitármela: "Era hermoso y rubio como la cerveza, el pecho tatuado con un corazón". Ellos cantando su mierda y yo, con mi llave colgada del pescuezo mirándolos desde una esquina sin abrir la boca, pero deseando que los partiera un rayo a todos para ver si mi mamá me ponía atención. Me decían la mudita y eso me daba más rabia todavía. Chupé tete hasta los siete años y tomé leche en biberón hasta los nueve. Esos eran mis consuelos, los únicos hasta que empecé a templar. De ahí en adelante, ésa ha sido la manera de resolver todos mis problemas, físicos, económicos y emocionales. Templando estoy desde los doce años. Fíjate si empecé pronto que yo dudo que eso de la virginidad exista porque nunca fui virgen, creo yo. Ni la primera vez que me la metieron tuve ninguna de las cosas que oía decir a mis amigas que habían tenido. ¿Sangre? Jamás. Casi ni me dolió... un poquito. Qué iba a dolerme si desde que estaba en cuarto grado, cada vez que nos quedábamos solas con los chiquitos me metían el dedo, y al principio tenían los dedos corticos, pero según fui pasando de grado a ellos les crecían los dedos y me los seguían metiendo. Yo no sé ni por qué me los dejaba meter. Después que me descojoné con la infección aquella en la que te conocí a ti cuando la semana en el hospital, un siquiatra me dijo que crecí con la autoestima empobrecida. Y qué empobrecida, palabreja más ridícula, él sí que estaba empobrecido, hasta las nalgas tenía empobrecidas, que después de tanta vaina y mierda analizando mi conducta, un día me las enseñó, pero de ése sí que no me dejé tocar ni un pendejo, y mira que la verdad, no me ha importado nunca que me los toquen, y hasta que se queden con algunos de recuerdo. Ríete si quieres, pero una vez salí con un tipo dos o tres veces, seguro que no fueron más de tres, y meses después me lo encontré por la calle Veintitrés un día que me estaba cayendo del hambre ¿tú no te acuerdas de ese cuento? El tipo me invitó a un Rápido y tan pronto se sienta a comer, saca una petaca que había heredado del padre, un cardiólogo famoso de aquí de La Habana que se fue a principios de los sesenta y los dejó a él y a la madre prometiéndoles que los mandaría a buscar tan pronto hiciera la reválida, pero nunca la hizo y nunca los mandó a buscar. Y lo único que le dejó al hijo fue la petaca y el infeliz creció con ella y la cuidaba como un tesoro y no guardaba en ella cigarros sino recuerdos, según él, aunque de vez en cuando le ponía adentro un cigarrito de yerba. Pues quién te dice que en medio de la hamburguesa que me estoy atragantando porque llevaba tres días a té y natilla, saca de la petaca dos o tres pelitos enroscados y me dice que eran míos. Como tengo el pelo de la cabeza lacio enseguida me di cuenta de dónde eran y seguí comiendo, seria, para que se estuviera tranquilo. Yo quería acabar de comer y salir echando porque el tipo era descargoso y yo no estaba para eso. Cerró su petaca con una solemnidad que nada más en la película del sábado y yo, por no darle cuerda, me quedé con la curiosidad de preguntarle en qué cabrón momento me arrancó los pendejos y qué derecho tenía a haberse quedado con ellos. Yo sospecho que se los sacó de la boca cuando la tenía metida allá abajo, es la única posibilidad. Qué jodienda que hasta con los pendejos de una se queden.

Cuando entré en el preuniversitario ya el viejo se había ido de casa y por aquel tiempo me eché el único novio que he tenido con el que pensé tener una relación estable. Estable. Debo haber estado loca para pensarlo, si yo ni sé de lo que se trata una relación estable. Cogíamos unas borracheras que amanecíamos los dos con las caras metidas en el mismo vómito, sin enterarnos cuándo ni quién había vomitado. Nos llevábamos bien. Nos templábamos a quien se nos ocurría, juntos o separados. Salíamos por la noche a pescar en los bares más nefastos de Centro Habana y recogíamos unos personajes increíbles. La pasábamos bien. Nos importaba poco si eran hombres o mujeres, gordas, flacos, viejas, jóvenes, con dientes, desdentados, el asunto era que tuvieran con que templar. Con ellos nos íbamos a un cuartico que tenía Miguel Gabriel por allá por Santo Suárez, tan minúsculo que no cabíamos casi ni él y yo. Pues ahí nos metíamos todos, arriba de una colchoneta que al final estaba en llamas, cogió una peste de madre. La cosa se puso fea cuando de tanto metérmela dos tipos a la vez, cogí unas hemorroides que paré en el hospital por cinco días. Chorros de sangre cada vez que me sentaba en el inodoro. Qué susto, Martica, no quisiera acordarme. Coño, la pasé...de pinga. Fíjate que hasta el sol de hoy ni un dedo puede nadie meterme en el culo. De allí en adelante nada más me ha servido para hacer caca, y vamos... A todo esto, yo vivía con mi mamá y con los líos que tenía y todo, estaba en segundo año de universidad, en la Escuela de Letras. Después de las hemorroides le cogí un poco de mala voluntad a Miguel Gabriel, como que ya no era lo mismo. Empecé a darle cabeza a su delirio por meter otro hombre en la cama, porque eso era lo que más le gustaba de todos los arrebatos que se nos ocurrían y pensé que lo que pasaba era que él era tremendo maricón, pero por una represión que váyase a saber cómo se le enganchó, no se atrevía a singarse un macho sin tenerme a mí por el medio para hacerse la idea de que su mariconería era parte de un juego. Pero el culo que se jodió fue el mío. El de él yo creo que es de goma porque bastante lo usaba también, pero nunca le pasó lo que a mí.

Después de aquel episodio no lo veía tan seguido. No veía mucho a nadie, la verdad. Me desencanté de todo. Esa palabra me encanta. Desencanto. Desencantarse es tremendo. Ahí fue donde desarrollé el gusto por estar sola. Total, la gente lo único que trae es jodienda. Hasta saqué buenas notas aquel semestre. Y eso haciéndome todas mis cosas porque mami... a vaga no hay quien le gane. Pero como la vida siempre me ha mandado un lío detrás del otro, una tarde llegó a la puerta de mi casa Olema, que entonces yo no sabía que se llamaba Olema. Parada en el marco de la puerta de entrada, casi no le distinguía la cara, eso nunca se me olvida, porque la casa de mi mamá da al oeste y el sol estaba cayendo y la luz del atardecer le daba por detrás y le oscurecía la cara, mirada desde la posición en que yo estaba, sentada a la mesa de comer, a la única mesa que hay en casa de mi mamá, escribiendo. La veo como si fuera ahora, de pie en la puerta, una muchacha con tipo de guajirita y una maleta desbaratada en la mano. Así conocí a Olema. Dijo que era de Pinar del Río y que su papá era tío del mío porque su abuelo lo había tenido ya viejo. La mandamos a pasar y contó que había nacido por el Valle de Viñales, en un sitio rarísimo. Ella y un montón de parientes vivían encaramados en unos mogotes, sin luz eléctrica y se curaban con agua. No sé si estarían relacionados con la cura de Ana Moya, la gente de Regla a la que perteneció mi abuela Estrella, que también se curaba con agua. Olema decidió venir para La Habana porque se cansó de la oscuridad. La pobre, no sabía... Mi mamá le dijo que entonces fuera a buscar a mi padre, pero a mí me gustaron tanto sus ojos, fueron los ojos, que allí mismo le dije a mi madre que bien sabía que la nueva mujer del viejo no iba a recibirla en su casa. Podía dormir conmigo. Olema tenía una mirada como desolada, la mirada de una persona que ha visto muchas cosas tristes, de una persona que ha sufrido, pero había en ellos una ausencia de las madrugadas de mataperros que yo veía en los míos al mirarme al espejo por las mañanas. Me gustaron sus ojos, me gustaron.

Y le caí atrás como una ladilla para que me quisiera. Y me quiso y comenzamos a hacer el amor en la cama donde dormía en la casa de mi madre, y por unos meses no salí con más nadie, porque no tenía ganas de hacerlo, porque lo único que quería era estar con Olema y leer. Le cogí tremendo gusto a la lectura cuando dejé de pasarme las noches durmiendo entre vómitos. Pero la vida conmigo ha sido fea, yo te digo. De repente a mi madre se le mete entre cuero y carne una jodienda con que Olema y yo éramos tortilleras, que empezó a hacernos la vida imposible... imposible. Y empezó a hablar mal de nosotras con los parientes encaramados en el mogote por allá por Pinar del Río, y yo tratando de que Olema empezara a estudiar, porque es muy inteligente, pero no tenía tranquilidad ni para pensar, con las peleas de la vieja. Y le dio por decir que éramos unas cochinas, que no sólo éramos mujeres las dos, sino que hasta parientas éramos. Habráse visto descaro, volverse tan moralista, ella que me crió oyendo las indecencias más grandes que puedas imaginarte, que nunca se me olvida un cuento que hacían en los días de ensayo de las canciones de Conchita Píquer, de una amiga del grupo que decían que tenía un clítoris del tamaño de un dedo. ¿Tú has oído barbaridad más grande para hablarla delante de una niña chiquita? Verdad que yo no me hacía notar mucho porque nunca hablaba, pero allí estaba sentada en un rincón con mi tete en la boca y no era invisible. Pues las cosas fueron de mal en peor hasta que una noche a las dos de la mañana, a punto de venirnos Olema y yo, entra la vieja como un bólido en el cuarto gritando de tal forma que se enteró la cuadra entera: fuera, fuera de esta casa, engendros de Satanás, porque le había dado por la religión y ahora cantaba en una iglesia y nos puso en la calle en medio de una llovizna de ésas que casi no se ven, pero cuando miras a la luz de los faroles de la calle parece que tienen una cortinita delante y ésas son las que calan hasta los huesos. Eso fue lo que nos pasó aquella noche.

Para hacerte el cuento corto, porque me pone tan mal recordarlo que no lo podría hacer largo, bastante tengo con no poder borrármelo de la cabeza, te diré que cuando Olema y yo nos separamos, casi dos años más tarde, no había diferencia entre su mirada y la mía. En el fondo de los ojos se le podían ver las mismas mataperrerías que se veían en los míos. No sé para qué bajó de su mogote.

Vivimos casi dos años en la calle, durmiendo en parques,

en la estación de trenes. Cuando llovía buscábamos a alguien que nos dejara dormir en su casa y nos diera un plato de arroz con frijoles a cambio de una tortillita mientras miraba. Días sin bañarnos, los amigos nos huían de la peste que teníamos a veces, y creo que porque se sentían mal de vernos tan jodidas y no poder ayudar. A veces nos dejaban uno o dos días en sus casas, pero no era posible más, tampoco ellos tenían y además, nosotras no éramos fáciles, nos volvimos agrias, espinosas, insultábamos a cualquiera por cualquier cosa, nos insultábamos mutuamente. Caímos bajo, la verdad. Por la mañana nos despertábamos de la mala noche, porque dormidas dormidas nunca nos quedábamos, por miedo a que algo nos pasara y salíamos a buscar. A quien fuera, un turista, a quien pagara por un apretón en una teta, una chupada debajo de una escalera. Nos comíamos una natilla, nos tomábamos un té y yo me iba para la universidad, porque seguía yendo a la universidad y Olema vagabundeaba por el malecón, por los parques, dormía siesta en los callejones de la Habana Vieja, hasta que nos encontrábamos por la tarde. Casi siempre me esperaba con comida, y a veces hasta con unos pesos. Decía que los había conseguido con alguna amiga o guiando a un turista generoso. Yo comía lo que traía y en ocasiones hasta hubo para pagar un cuarto por una noche. Eso era lo mejor, podernos querer sin ojos encima de nosotras. A veces ella, con algún dinero ganado así, cogía una guagua y se iba a Pinar del Río a ver a su familia. Extrañaba, sobre todo a una hermanita chiquita a quien cuidó desde que nació hasta que se fue de la casa. Yo la iba a esperar a la estación de guaguas el día que regresaba. Hubo veces en las que esperé ocho horas. Siempre trataba de recibirla con unas flores en la mano y algo de comer. Por lo general le llevaba mariposas, que compraba olorosas y derechitas, pero según iban pasando las horas las veía ponerse mustias, y el corazón se me ponía mustio junto con ellas, te lo juro, por las cosas que había tenido que hacer para comprarlas, y cuando ya no eran blancas, sino de ese carmelita medio transparente que se les ponen los pétalos cuando se marchitan, llegaba la guagua y se las daba y Olema las celebraba y eso me hacía quererla más todavía y que no me importara que usara el bollo con otra gente porque tenía que quererme mucho para decir que estaban lindas aquellas flores viejas. No preguntaba de dónde habían salido ni la comida tampoco, pero yo siempre explicaba, algún turista al que acompañé, ya sabes cómo son, tienen dinero y no les importa pagar bien cuando una les sirve de guía, o había limpiado una casa o qué sé yo cuántas mentiras nos decíamos que ninguna creía porque las dos sabíamos que los turistas y las turistas dan dinero cuando una se la mama y más cuando te la meten.

Entonces, en uno de sus viajes a Pinar del Río yo cogí aquella infección feísima y paré en el hospital donde te conocí a ti, pariendo a la Jacinta, que hasta ahora no ha querido cambiarse el nombre, como yo pensé que haría tan pronto aprendiera a decirlo, porque oye, yo entiendo que a ti te haya fascinado la novela de Galdós, a mí también me gusta como escribe el tipo, sin importarme la opinión de los que creen que saben porque no beben el vino de las tabernas, pero de ahí a ponerle a la chiquita Jacinta... Ya sé que no resistes los nombres inventados, que no ibas a ponerle a tu hija un nombre de ciudad, ni de continente porque no soportas esa idea y el tuyo ni hablar, eso ni pensarlo. Es verdad que tu madre se cagó fuera del tibor yéndose sin ni decirte adiós. Coño, ni la mía. A hacerse vegetariana allá, donde la carne sobra y a coger fama contando historias prohibidas de los demás. Yo quiero ver cuándo va a contar la suya, vamos a ver si se atreve un día. Pero tienes que reconocer que no tuvo el mal gusto de encasquetarte el nombre de ella completo, porque ese Veneranda está de culo, y bien pudo habérsele ocurrido y tú no hubieras podido hacer nada para evitarlo. Por lo menos Marta Eugenia suena a reina. Fíjate que a mí me gusta.

Salí del hospital y fui directo a esperar a Olema. Llegaba a las 12 del día, de acuerdo al horario, pero llegué a las 3 de la tarde a la estación para no esperar tanto, todavía no me sentía muy bien, y aquel día dio la casualidad que casi llega y no me encuentra. A las 3:05 estaba bajándose. Yo no llevaba absolutamente nada en las manos. Sí llevaba, ahora que me acuerdo, una florecita que había arrancado en el camino. Amarilla, raquítica, yo creo que una de ésas que les dicen flor de muerto, yo no sé mucho de flores. Conozco las mariposas porque me encantan. Se quedó asombrada de mi mala estampa. Era diciembre, había traído unos tomates de su casa y sacó uno de la mochila para que me lo comiera allí mismo. Empezamos a caminar y yo me sentía tan mal, tan rejodida, que no tuve ánimos para seguir mintiendo. Al terminar el cuento de mi infección y del hospital, me dijo que no podíamos seguir así, no íbamos para ningún lado, íbamos a morirnos si no hacíamos algo distinto. Hablaba y lloraba y empezaron a salírsele los mocos y yo empecé a llorar también y lloramos tanto, que ya al final del camino a ninguna parte que estábamos recorriendo, el único pañuelo que teníamos, el de ella, estaba empapado, porque el mío me lo botaron en el hospital. Dijeron que era una asquerosidad y una fuente de microbios y lo único que haría era empeorarme la infección.

—Con una mujer pobre no estoy más nunca, dijo. Te lo juro. Esto no hay quien lo aguante. Me busco una extranjera, una marciana, un marciano, lo que sea, pero con dinero, y si voy a jinetear, voy a hacerlo en serio.

Yo le miraba a los ojos y los tenía duros y no podía creer que estaban puestos en la misma cara que tenía aquellos de dos años atrás, cuando se paró en la puerta de la casa de mi mamá y el sol le daba por detrás, y miré para otra parte porque no quería verle los ojos así, porque me dio por ver en ellos los charcos llenos de fango de la calle que estábamos pisando. Y no la miré más de frente aquel día porque no quería recordarla así, sino como la vi el día que llegó a casa de mi mamá. Y después, cuando ya no estábamos juntas y yo caminaba sin rumbo sintiéndome horrible porque de verdad, nunca me dolió tanto separarme de alguien, pensé que lo que pasó era que había caído tremendo aguacero antes de llegar Olema, y yo veía en sus ojos la imagen de los charcos que había de verdad en la calle, que se quedaba grabada en los míos cada vez que apartaba los ojos de su cara y miraba para abajo, en medio de aquella conversación devastadora, pero de todas maneras no la miré más porque me dolía con cojones verla tan triste y yo no podía hacer nada y sentí que iba a desmayarme, no sabía si de la debilidad que me había quedado de la infección o porque estábamos terminando.

Sí que resolvimos la situación, por lo menos de momento. Casi enseguida encontró una casi extranjera y yo me empaté con un extranjero de verdad. La de Olema era cubana, trabajaba en turismo en una empresa italiana y cobraba en dólares. Casi extranjera. El mío era español, no vivía aquí, pero venía cada tres o cuatro meses en viaje de negocios, pasaba unos días conmigo y me dejaba dinero para vivir hasta que regresara. Buena gente el tipo. Tenía mujer y un hijo en Barcelona, pero se enamoró de mí, yo creo que se enamoró de lo bien que templaba porque la verdad, me esmeraba, pero me esmeraba porque el tipo me gustaba y quería seguir con él. Hasta un hijo me propuso una vez tener conmigo, pero hasta ahí sí que no llegué. Tú conoces mi teoría del límite y yo me conozco. Y mira que me hubiera convenido... Cuando no estaba aquí llevaba la vida que llevo desde que terminé con Miguel Gabriel, con excepción del tiempo que pasé con Olema. La mayoría de los días encerrada en la casa, oyendo música, leyendo, escribiendo, garabateando, haciendo nada, hasta un día que no sé, algo se me mete dentro y salgo y me empato con alguien en un cine, o montando bicicleta, o me meto en un bar de algún barrio lejos de mi casa y a veces me quedo por ahí tres o cuatro días. Lo hago de vez en cuando, no mucho. Si Antonio estaba en Cuba, andábamos siempre juntos, a menos que estuviera trabajando. Nunca indagó mi vida lejos de él. Tuve una suerte increíble porque ni viejo era, lucía de lo más bien. Un poquito gordo, pero nada más un poquito. Hasta un teléfono celular me compró, con lo caro que cuestan. Antes de venir, siempre avisaba que venía. Pero una vez no avisó y me encontró en una movida que me desgració la vida, con una gorda gigante de pelos parados, medio punk, que yo había pescado en uno de los bares en que me metía. Fue fatalidad, un destino difícil que me ha tocado, asere, porque era la primera vez que yo salía en más de un mes, te lo juro Martica. La verdad es que la mujer parecía, no un bombero, un luchador de lucha libre parecía la gorda. Y de contra había puesto como condición para irse conmigo que nos trajéramos a su novia, una flaca teñida de rubio con la boca pintada de rojo escandaloso, a la que podían contársele los huesos uno por uno. Sabe Dios qué mierda de enfermedad la tenía tan desmantelada. Pero yo no pensaba en nada. Te digo que no sé cómo he sobrevivido hasta aquí. Por eso me parece que estoy cuerdísima ahora, sin importarme lo que piense la gente. Pues en el medio de aquel desparpajo, encocada hasta el culo y borracha como estaba porque si no te juro que yo no me meto en eso, qué iba a meterme, siento la llave en la puerta y me enfrié, pero qué podía hacer. Efectivamente, Antonio. Parado en el marco de la puerta contempló el espectáculo, no con cara de rabia, ni de sorpresa, sino de cansancio, de un gran cansancio. Miraba fijo, con los ojos inexpresivos y yo no sabía qué decir. Tan nerviosa me puse, que le pregunté si le gustaban los pastelitos. Se lo pregunté porque él no hablaba y yo no sabía qué decir, cómo moverme, no me atrevía ni a moverme para alcanzar una camiseta y tirármela por arriba. Y las mujeres, encueras, se quedaron en la misma posición en que estaban al abrirse la puerta, paralizadas, hasta lástima me dio cuando me tranquilicé porque en fin de cuentas, fui yo quien las saqué del bar y hasta insistí en que me acompañaran.

Antonio contestó despacio, como si no hubiera estado participando de la escena, que los únicos pasteles que le gustaban eran los que compraba en la repostería y aun ésos los comía poco en los últimos tiempos porque quería perder peso. Agarró la maleta que había puesto en el piso, cerró la puerta con delicadeza y se fue, me imagino que a un hotel. Así. Yo ni me moví para decirle que se quedara, aunque estaba muriéndome por hacerlo, porque sabía que era inútil. Eso sí, boté a la gorda y a la flaca de allí al instante. Hijas de puta, sobre todo la de los pelos punk, y que haberme hecho cargar con el estropajo con que andaba y yo tan mierdera que acepté. Qué mala suerte. La única vez que me había metido en algo así desde el último viaje de Antonio a La Habana, te lo juro. Me quedé tan mal que los días siguientes reptaba en vez de caminar. En cuatro patas me movía hasta la cocina cuando no podía más del hambre, abría el refrigerador y sacaba cualquier cosa para echarme en la boca. Antonio regresó como a los tres días.

No condenaba mi estilo de vida si yo así era feliz, pero él no podía con eso. Entonces sí lloré, supliqué, insistí en que yo no era feliz así. Era soledad, locura, qué sé yo, cualquier cosa menos felicidad, que por favor no dijera eso. Bastante carga emocional tenía ya en Barcelona, con la mujer que no era fácil y el hijo adolescente metido en drogas y ahora yo esto aquí, dijo, y no lo vi más.

Sin dinero de nuevo, sin teléfono, sin poder pagar el alquiler del apartamento en que vivía desde que empecé con Antonio. Regresar a dormir en el parque, no. No podía concebirlo. La asquerosidad, las infecciones, las ratas caminándome por encima. No. Una noche me comieron una uña de un dedo del pie, otra noche una cucaracha me mordió el dedo chiquito de la mano derecha. La gente dice que las cucarachas no muerden. Sí muerden, que me mordieron a mí. Qué va, no. Aunque había terminado en la Escuela de Letras, no se me ocurría buscar trabajo. ¿Para qué? Entre tanta mierda que maquiné para resolver mi situación de una vez por todas, se me ocurrió la mierda mayor, la gran mierda, y funcionó. Regresar a casa de mi madre. Pero no podía regresar a batallar, tenía que encontrar una forma de que me quisiera, de que me atendiera, y como ella a quienes único atendía de verdad era a los amantes, sería su amante. Total una singadita de vez en cuando, claro que yo podía. ¿No ves que la conozco bien? Ahora estaba retirada y jodida, la mayoría de los amigos de la época cuando se reunían a cantar a Conchita Piquer, idos o muertos. La cosa no fue improvisada en mi cabeza en aquel momento. Cuando le dio el ataque con Olema y conmigo y nos botó de la casa, ella, a quien nunca le importó, al contrario, le encantaba andar con gente que se templaran a quien fuera, mientras más loca la gente mejor, pensé ¿por qué este ataque? Mi conclusión fue que se puso celosa.

La única casa segura con que yo podía contar era la de ella, así que me presenté en la puerta un atardecer, con unos tamales que había comprado en la calle a una mujer que los hace muy buenos, compré unas cuantas cervezas y me metí un pito de marihuana antes de ir. En definitiva ¿qué relación de madre hemos tenido nunca? Verdad que fue extrañísimo la primera vez que tuve la cara entre las piernas por donde vine al mundo. Ella jamás va a imaginarse lo que yo pensaba en aquel momento. Pensaba que cuando nací tuve la cabeza en el mismo lugar en que la tenía ahora, pero en posición contraria, estaba saliendo de ella y ahora estaba entrando en ella. Y si supieras, yo estaré loca y no me importa, pero esa idea me hizo sentir mejor. Mira, todo es cuestión de darle la vuelta a una situación y reflexionarla. Tengo amigas que viven en su casa como yo vivo en la mía, la madre se lo hace todo, como me lo hace la mía a mí ahora, tienen más dependencia de ellas que la que tengo yo porque mi situación es clara, le advertí a la vieja que de vez en cuando iba a desaparecerme por tres o cuatro días pero que no se preocupara. Ponte a pensar, tiene toda la lógica, ella sabe que nunca voy a irme para no regresar, primero porque ya a estas alturas estoy convencida que no sirvo para mantener una relación con alguien que me exija lo que yo no puedo dar y no estoy para verme en la calle, y segundo porque soy la hija, como quiera que lo pongas. Claro que alguna jodiendita siempre tiene que haber y cuando no vengo a dormir, tan pronto me ve la cara me dice, pero de buena forma, suavecito para que no me disguste, que eso es increíble si lo comparas con el pasado, me dice que la comida que tapó con un plato para que no se mosqueara y la puso encima del mostrador de la cocina, se echó a perder porque no me la comí a tiempo. Pero yo no le hago caso. No le digo nada porque yo no le digo casi nada ya, pero pienso que bastantes veces le pedí algo de comer y ella ni me miraba y en aquel entonces yo no me lo podía preparar sola.

Y ahora hasta se acabaron las habladurías en el barrio, ya no hay chismes ¿Te imaginas? Todo el mundo fascinado con que yo esté allí, con que la cuide. Soy la hija pródiga. La verdad es que ésta es la primera vez en la vida que me cuida, que me hace unos frijoles como Dios manda, espesitos y todo. Esto lo entendería la puertorriqueña de la beca, porque las cosas hay que conocerlas de adentro. En estos días por primera vez se me ha ocurrido buscar trabajo en algo relacionado con la licenciatura que terminé de estudiar jineteando. Claro, como tengo el problema de la casa y la comida resuelto. Así cualquiera... Es bobería, para entender eso hay que haberse visto durmiendo en la calle. Tú sabes lo que es que ésta es la primera vez en mi existencia que mi madre me abraza cuando se lo pido, que me abraza sin que se lo pida, que me pide que la abrace. Si yo tuviera el valor de escribir esta historia, te juro que me hago rica. Eso me dijo un alemán con el que me acosté una noche en el Copacabana. Le conté muchas cosas porque se iba al otro día y ni sabía cómo yo me llamaba. Le dije que Alana porque así me hubiera gustado llamarme y que el nombre fuera profético, ala, vuelo y porque él iba a volar y yo más nunca lo vería. Quién sabe si el alemán tenía razón, porque mira que a la gente le gusta el morbo, si no mira el éxito de las historitas de tu mamá. Pero eso sí que no lo haría, muerta antes que poner a la vieja en boca de todo el mundo, que nadie sabe lo que ella ha pasado. Oye, a mí ella me colgó la llave de la casa del cuello a los cuatro años, pero a ella su madre la botó en un placer a los cinco días de nacida y si la vieja asturiana que la crió no la encuentra rápido, las hormigas se la comen, que duró más de quince días para que se le curaran las picadas. Y después, ella y la vieja solas. Pasaron más hambre que un forro de catre. Si no es por las cancioncitas que se aprendió y los cabarets en que cantó desde los quince años, yo ni siquiera hubiera tenido la llave colgada del cuello porque no hubiera nacido. No sé si eso hubiera sido mejor o peor, lo cierto es que estoy aquí y a la mierda con las rayas y los límites. Que se vayan todos a la mismísima mierda y ya estoy hablando como ella. Yo no me siento culpable ni una puñeta, siento que por primera vez en la vida, tengo lo que tenía que tener.

No me mires así, que me pone mal, pelea si quieres, hasta

eso prefiero, dime que no sé de límites, pero no me mires así. Vamos a hacer café.

Sabes que pensándolo bien, Jacinta no es mal nombre, es bueno llamarse como una flor. Yo no pienso en Olema a menudo, pero una flor de mariposa me la recuerda sin fallar, y hoy en la esquina en que esperaba el camello un viejo vendía mariposas y no sé cómo me acordé de que hoy hace diez años la vi por primera vez, con su maleta desbaratada en la mano y acabada de bajar del mogote. Quién le iba a decir entonces que iba a casarse con un italiano y hasta a vivir en Europa. El asunto es buscarle la vuelta las cosas. Cuando yo era chiquita odiaba mi nombre, Obdulia, hasta que mi mamá me contó, ahora que hablamos por largos ratos, que me lo puso porque nací el día de Santa Obdulia y el parto fue tan difícil que pensó nos moriríamos las dos y por tal de que viviéramos ella y yo, porque dice que quería mucho que yo viviera, prometió a la santa darme su nombre.

No me mires así Martica, que me pone mal. Coño, ya te lo dije. Vamos a echarle azúcar al café.

Una y otra vez me sorprendo, y trato de llevarlo a la literatura, de la falta de contacto que tenemos con necesidades internas muy fuertes e indeseadas, aquellas de las que nacen los sueños malos, las que nos hacen cometer actos de los que afirmamos al estar ya consumados: Yo no era yo cuando lo hice o lo hice obligada por las circunstancias. Negamos el desatino como propio porque ha sido un fallo de quien imaginamos ser pero también somos eso otro, y nos da miedo aceptar que el monstruo del sueño o la conducta rechazada representan una parte nuestra a la que vedamos su expresión consciente y la ha conseguido aunque nos pese.

Sonia Rivera Valdés nació en Cuba y durante los últimos veinticinco años se ha dedicado a promover la cultura latinoamericana en los Estados Unidos, y a facilitar los vínculos culturales entre América Latina, especialmente Cuba, y los Estados Unidos. Su libro *Las historias prohibidas de Marta Veneranda* ganó el

Foto: Mario Picayo

prestigioso premio Casa de las Américas, de La Habana, en 1997. Ha publicado cuentos y ensayos en Estados Unidos, América Latina y Europa. En la actualidad vive en Nueva York y es profesora de York College (City University of New York).

Para más información, visite www.LARTNY.org.